KB118314

프라이스 킹!!!

프라이스 킹!!!

김홍
장편소설

제29회 문학동네소설상 수상작

문학동네

차례

1

이 동네에서 나는 평생을 살았다

이 동네에서 나는 평생을 살았다. 한 번도 벗어난 적이 없다. 3번 국도를 타고 서울을 떠나 광주를 거쳐 이천을 지날 무렵 울창한 가로수에 가려져 거의 보이지 않는 D841 분기점이 있다. 그리로 빠져나와 한참을 더 달려야 이곳에 도착한다. 1997년 이후로 새로 이사온 가구는 하나도 없다. 주민들은 대체로 세상에 억울한 감정을 품고 있거나 세상 사람들을 억울하게 만들 준비가 돼 있다. 뒤틀린 인구 구성을 보고 있자면 이 동네를 빨리 벗어나거나 함께 어긋나버리는 게 유일한 해답 같다. 나는 아직 어느 쪽을 택해야 할지 확실히 결정을 내리지 못했다. 그리고 엄마는 이 동네를 누구보다 사랑한다.

작은 강이 마을을 가로지르고 병풍처럼 뒤를 받치는 산 아래 깊은 저수지가 있다. 이것은 사실이지만, 평범한 사실이다. 지도책을 펼치면 어느 장에서나 이것과 비슷한 얼룩을 찾아낼 수 있다. 산이 조금 높거나 강이 조금 길거나 하는 식으로는 서로 다른 마을을 구분할 수 없다. 사람과는 다르다. 우리는 비슷한 이목구비에도 불구하고 서로를 금세 구분해낸다. 하지만 살아보지 않은 동네를 강이나 산의 모양만으로 구별하는 것은 쉽지 않은 일이다. 그럼에도 이곳만의 특별한 점을 찾아내야 한다면 마을 내부의 배치를 봐야 한다. 제 나름의 체계적인 구획을 갖추고 있어 참고할 만하다.

전국구 무당들은 강변에 모여 살고 있다. 우리집도 붉고 흰 천이 엇갈려 달린 깃발을 창밖으로 길게 늘어놓았다. 내가 태어나고 자란 집이다. 세계지리에 밝은 대리운전 기사의 숙소는 산밑에 있다. 거나하게 취한 국정원 직원이 목적지로 바르셀로나를 외쳤다가 파주의 통일전망대쯤에서 정신 차리고 차를 세웠다는 일화가 유명하다. 한 달에 한 번 문을 여는 전당포가 로터리 한쪽에 있는데, 마당에 세워둔 스텔스기는 악명 높은 국제 무기상의 물건을 담보로 잡아둔 것이다. 저수지 옆 둑방 길을 따라가면 벼슬깨나 한 정치인들의 움막이 줄줄이 서 있다. 현직 국무총리도 입주를 희망하지만 기수에서 밀려

번호표만 뽑고 기다리는 실정이다.

기우란 할머니가 없었다면 나는 이 동네를 버티지 못했을 거다. 사거리 신호등 앞 〈미록 떡볶이〉가 할머니의 가게다. 김밥과 떡볶이를 팔고 오뎅 국물을 서비스로 주는 아주 평범한 분식집이다. 해장라면이 끝내주게 맛있고, 순대를 포장하면 간과 귀를 섞어준다. 물론 허파와 염통을 비롯한 다른 내장도 준다. 계절 메뉴로 콩국수를 내놓고, 레토르트 제품임이 분명한 육개장도 팔팔 끓여 뚝배기에 내온다. 대단한 맛집은 아니지만 대충 한끼를 때울 수 있는 동네의 유일한 식당. 디포리와 멸치를 넣어 밤낮으로 끓인 육수를 이 리터에 오천원 받고 파는 곳. *이구와 칠구에게 흠씬 얻어맞아 퉁퉁 부은 눈으로 들어가면 기우란 할머니가 면포로 싼 얼음주머니를 눈에 대어주던 가게.*

이 동네에 〈킹 프라이스 마트〉가 들어선다는 이야기를 들었을 때, 나는 조금도 놀라지 않았다. '프라이스 킹' 배치 크라우더는 어디든 자기가 있는 곳을 결정할 수 있는 사람이니까. 그가 원한다면 그의 가게는 이곳이 아니라 어느 높은 산의 꼭대기에라도 반드시 들어설 것이었다.

배치 크라우더에 관해서라면 나에게 듣는 것보다 인터넷을

검색하는 편이 나을 것이다. 절대로 팔 수 없는 것을 절대로 사지 않을 사람에게 팔아내는 사람이라거나, 아무것도 사들이지 않고서 모든 것을 팔아내는 사람으로 기록돼 있을 것이다. 그에 관한 평가는 둘로 갈린다. 최고의 장사꾼 혹은 최악의 사기꾼. 명성을 지닌 사람이 으레 그렇듯 예단하기 힘든 소문이 언제나 그를 따라다닌다.

그의 본명은 박치국이다. 처음 장사를 시작한 곳은 동서울터미널 12번 승강장 앞 노점으로, 이제 그가 껌을 팔던 자리에는 상인회가 세운 '배치 크라우더 흉상'이 자리하고 있다. 그는 프랑스 정부로부터 레지옹 도뇌르 슈발리에 훈장을 받았고 DJ 정부를 기점으로 모든 정권에서 훈포장을 수집했다. 그가 세운 프랜차이즈 마트 〈배치의 천원 숍〉은 전 세계 백여 개국에 이만여 점포를 거느리고 있다. 수년 전 〈배치의 천원 숍〉과 관련된 모든 지분을 JP 모건에 매각한 이후 박치국은 지금까지 세상에 모습을 드러내지 않았다.

사정이 이렇다보니 '프라이스 킹' 배치 크라우더의 〈킹 프라이스 마트〉가 개업하는 것만으로도 전 세계 미디어가 들끓었다. 조선중앙통신을 제외한 거의 모든 매체의 기자들이 마을에 모여들었다. 모두가 〈킹 프라이스 마트〉의 오픈 기념행사를 주시하고 있었다. 나의 쌍둥이 형제인 이구와 칠구는 동네 불량배답게 마트 앞 공터에 파라솔을 펴놓고 자릿세를 받았다. 웬만해선 아무것도 하기 싫어하는 나지만, 그곳에는 가지 않을 수 없었다. 그래야 할 이유가 있었다.

코끼리만한 수레를 끌고 가는 남자를 만난 건 전당포가 있는 로터리에서였다. 대충 봐도 수레 한 차에 다 실을 수 있을 만한 짐이 아니었다. 코끼리라도 실은 건가? 집채만한 짐을 작은 수레 위에 간신히 얹어놓은 남자는 땀을 뻘뻘 흘리고 있었다. 그다지 크지 않은 체구였지만 몸이 뿜어내는 기운에서 오랫동안 많은 것을 겪은 듯한 단단함이 느껴졌다. 힘을 줘 수레를 끌 때마다 팔뚝에 솟은 핏줄이 불끈거렸다. 벽돌처럼 각진 장딴지 근육이 팽팽해지는 게 보였다. 하지만 어디로 가려는 것인지는 알 수 없었다. 차가 없는 로터리를 빠져나가지 않고 계속해서 빙글빙글 돌기만 했기 때문이다. 호기심보다는 연민이 들어 관심이 갔다. 나아가야 할 방향을 몰라서 저러는 건가? 아니면 어디로도 가고 싶지 않아서일까?

"아저씨, 거기 뭐 들었어요?"

"코끼리요."

아, 정말 코끼리였구나.

"코끼리는 왜요?"

"〈킹 프라이스 마트〉 오픈 행사에 갑니다. 저희 코끼리가 시규어 로스 다음 순서거든요."

"그럼 그리로 가야지 왜 뱅뱅 돌고 있어요?"

"코끼리 소화시키고 있습니다."

"같이 돌아도 될까요? 마침 저도 그렇게 바쁜 건 아니거든요."

"글쎄요. 곧 똥이 떨어질 텐데. 그것만 조심한다면요."

우리는 걷는 것보다 조금 느린 속도로 로터리를 돌았다. 작은 명상 같기도 했다. 이렇게 같은 자리를 만 번 정도 돌다보면 아주 작은 진리 하나라도 깨달을 수 있을지 몰랐다. 이구와 칠구가 그토록 나를 괴롭히는 이유라든가, 엄마가 나를 사랑하면서도 증오하는 까닭 같은 것들. 하지만 나는 어떤 것에 대해서도 그만큼 오래 생각해본 적이 없었다.

"코끼리는 뭘 하나요?"

"그림도 그리고…… 노래도 부릅니다. 사람들이 그런 걸 좋아하더군요. 덕분에 우리 둘이 밥 굶지 않고 살 수 있죠. 전 세계를 돌아다니며 공연을 하니까요. 며칠 전에는 포르투갈에 다녀왔습니다. 어느 유력자의 환갑잔치였죠."

"포르투갈 환갑잔치는 어때요?"

"품바도 왔고 마술사도 오고…… 그래도 우리 코끼리가

최고 인기였죠. 그림 그리는 코끼리는 많지만 노래까지 하는 경우는 드물거든요. 이번에도 봐요. 우리가 시규어 로스보다 뒤인 거.”

“배치 크라우더가 그렇게 대단해요?”

내 질문에 수레를 끌던 남자가 우두커니 멈춰 생각에 잠겼다. 수레에서 코끼리가 채근하듯 뿌우 하며 두 귀를 펄럭였다.

“그 사람은 자신이 뭐든지 사고팔 수 있다고 생각하죠. 저도 대체로는 동의해요. 정말 많은 것을 사고팔아낸 사람이니까요. 하지만 그가 결코 팔지도 사지도 못할 게 하나 있어요.”

“존엄? 행복? 뭐 그런 거 말씀하는 거죠?”

“아닙니다. 그것도 전부 살 수 있어요. 행복은 돈으로 살 수 없다고들 이야기하지만 진정한 행복을 위한 조건을 돈으로 사면 되죠. 불행을 사는 것도 쉬워요. 존엄도 마찬가집니다. 반대는 더 쉽죠. 존엄하지 않은 것은 언제나 손만 뻗으면 닿을 수 있는 아주 편리한 선택지니까요. 모든 거래는 상대적입니다. 그래서 배치 크라우더는 거의 90퍼센트 정도 옳은 거죠. 99퍼센트일지도요. 하지만 가장 중요한 게 남아 있어요.”

그는 내가 되묻기를 기대하는 듯 잠시 말을 멈췄다. 그런 기대에 부응하기 위해 나는 그에게 되물었다.

"그게 뭔데요?"

나는 이제껏 그런 삶을 살아왔다. 인정받기 위해 발버둥치는 삶. 작은 기대에 크게 보답하며 내가 살아 있음을 확인시키는 방식으로. 남자는 내 물음에 대답을 쏟아냈다.

"세상 모든 것은 돈으로 살 수 있어요. 단 하나를 제외하고요. 무언가를 돈으로 살 수 없게 만드는 것, 그것만큼은 돈으로도 살 수 없습니다. 결코, 언제까지나 그럴 겁니다. 그것만은 돈이 아닌 그 무엇으로도 살 수 없어요."

철퍽 소리가 나서 돌아보니 수레 뒤에 쌀 포대만한 똥 무더기가 떨어져 있었다. 경쾌한 파열음을 내며 농구공만한 똥덩어리들이 연이어 바닥에 떨어졌다.

"치워야겠네요."

남자가 말했다. 그는 수레 옆 자재함에서 포대 자루와 삽을 꺼냈다. 혹시라도 내게 도와달라는 신호를 보낼까봐, 그런 기대를 보일까봐, 넌지시 내 눈을 보며 애처로운 마음을 드러낼까봐 황급히 인사하고 자리를 떴다. 남자가 한 말을 곰곰이 생각하면서.

어쩌면 그 남자는 처음 보는 사람에게 아리송한 말을 던져 놓는 방식으로 오래 기억되는 걸 즐기는 사람인지도 몰랐다. 행사 일정에 맞춰 여기저기 떠도는 만큼 그런 방식이 아니고

서는 누군가에게 강한 인상을 주기 힘들 테니까. 묘한 이야기로 그를 기억하게 된 누군가는 행사를 주최하거나 기획을 도맡게 될 때 '아, 그 코끼리 아저씨!' 하게 될지도 모른다. 어떤 식으로든 그 남자와 코끼리가 적당한 강도의 일을 꾸준히 이어갈 수 있으면 좋겠다는 생각이 들었다.

잔뜩 기대한 얼굴의 사람들과 함께 〈킹 프라이스 마트〉의 오픈 행사장 쪽으로 걸음을 옮겼다. 너무 많은 사람들이 모여 앞으로 나아가기 힘들 정도였다. 기우란 할머니도 일찌감치 장사를 마치고 행사장으로 가는 중인 듯했다. 멀리서도 보라색 파마머리를 한 할머니를 찾아낼 수 있었다. 할머니는 생각지 못하게 많은 손님이 몰려와 라면이 동났다며 울상이었다.

"아가, 너 이거 끝나고 할미 대신 신라면 다섯 박스만 사다 줄 테여?"

"할머니, 저 내일 출근 준비해야 해서 일찍 자야 돼요."

"그래, 장하네. 그래야지. 지각하면 안 된다. 사람이 무엇보다 성실해야지. 성실한 사람이 못 이길 건 없어. 이제 큰 마트도 들어오고 했으니 한몫 잡아서 이 개 같은 동네 뜨든가 해야지."

재주님는 원숭이를 앞세운 사람이 입에서 불을 뿜으며 할머니 옆을 지나갔다. 할머니는 머리에 옮겨붙은 불을 대수롭지 않다는 듯 탁탁 쳐서 꺼버렸다.

"내일 일찍 〈킹 프라이스 마트〉에서 사요. 무거울 거 같으면 제가 가져다드릴게요."

"됐다, 됐어. 그거 하나 못 들면 장사 접고 집에서 보리차나 끓여 마셔야지. 그나저나 너희 집 쌍둥이는 아직도 그렇게 널 괴롭히니?"

"여부가 있겠어요. 중학생 꼬마도 아니고 나이 서른 먹고 동생한테 뭔 짓거린지."

"말은 바로 해야지 인석아. 너는 왜 나이 스물일곱 먹고 그렇게 당하고만 있누?"

무심하게 던진 할머니의 말이 가슴을 찔렀다. 여든 먹은 할머니는 어떤 말이든 허투루 하는 법이 없었다. 가끔은 이렇게 너무 맞는 말을 해서 나를 당황하게 했다. 할머니는 넘쳐나는 인파를 보며 한마디 내뱉었다.

"난리도 아니구만."

언젠가 영상으로 본 1969년의 우드스톡 페스티벌을 떠올리게 하는 장관이었다. 이구와 칠구에게 로열석을 산 사람들의 머리가 점처럼 작게 보였다. 대형 스피커가 놓인 가설무대에 〈킹 프라이스 마트〉의 홍보 문구가 적힌 현수막이 드리워져 있었다. '여기에 없는 물건? 천국에도 없어!' 사후 세계에 대한 순진한 낙관이 담겨 있어 좋게 생각됐다.

얼마 남지 않은 대통령선거 때문에 여야를 막론하고 티브이에서나 보던 정치인들이 거의 다 와 있었다. 참으로 격세지감이라 할 만했다. 얼마 전까지만 해도 선거 따위에 관심을 갖는 사람은 아무도 없었다. 후보 등록 기간이 가까워지는데 출사표를 던진 사람이 하나도 없을 정도였다. 투표 행위가 과대평가됐다는 걸 모두가 알아차린 거다.

시대정신이 고속도로 무인 매점에 염가로 납품되는 시절이었다. '프라이스 킹' 배치 크라우더의 〈킹 프라이스 마트〉 오픈 행사에 이렇게 많은 사람이 모인 것만 봐도 그랬다. 정치는 따분하고 장사는 영원하다는 방증이었다. 아직도 정치를 믿는 순진한 사람 몇이 모여 선거제도 개편을 논의했는데, 그나마 나은 것이 주역의 64괘와 대통령 선출을 연동시킨 안이었다. 그마저도 후보를 64명이나 구하기 힘들다는 현실적인 문제 때문에 추진되지 못했다.

과감한 개혁안이 국회를 통과한 이후로 상황은 달라졌다. 대통령 당선자의 권한과 혜택을 대폭 늘리는 내용이었다. 각종 세제 혜택은 물론이고 친인척의 모든 범죄에 대한 기소를 면제하기로 했다. 따지고 보면 전과 크게 달라진 것도 없는데

공식적으로 보증이 되니 구미가 당길 만했다. 양당의 분위기가 바뀐 게 감지됐다. 당 지도부가 사활을 걸고 선거에 임하기 시작했다는 소식이 들려왔다. 깜짝 이벤트 수준의 후보를 준비하고 있다는 소문도 돌았다.

식전 행사로 진행되던 가수들의 공연이 잠시 멈추고, 민선 시장의 지루한 개회사가 이어졌다. 내빈 소개에는 삼십 분가량이 소요됐다. 인접 구청의 지역 축제 활성화 본부장부터 EU 집행위원장까지 다들 어려운 시간을 내서 행사에 참석하셨다. 미 국무부 장관과 연방준비제도 의장의 축사는 대독으로 전해졌다.

알 만한 가수의 평범한 공연과 시규어 로스의 끝내주는 무대가 이어졌다. 사람들의 기대는 점차 고조되어갔다. 드디어 배치 크라우더가 세상에 모습을 드러낼 것이다. 절대로 팔 수 없는 것을 절대로 사지 않을 사람에게 팔아내는 사람. 아무것도 사들이지 않고서 모든 것을 팔아내는 사람. 최고의 장사꾼 혹은 최악의 사기꾼. 그러나 누군가에게는 잊을 수 없는 영웅인 사람 말이다.

배치 크라우더를 평범한 장사꾼에서 위대한 상인으로 바꿔낸 건 자음 음소 하나였다. 세기말의 불안이 사람들을 휩쓸고 얼마 되지 않아, 불상의 원인으로 전국의 ㄱ이 일거에 실종된 것이다. 그때는 계기를 계기라고 쓰지 못하고 ㅔ ㅣ로 적어야 했다. ㅘㄴㅗㅇ서의 혼란도 심ㅏ했다. 행정안전부는 ㅘㄴ보 발행을 잠정 중단했ㅗ ㅜ방부는 ㅜㄴ부대 출입을 완전히 통제한 채 사태를 ㅘㄴ망했다. 옷장에서 우연히 발ㅕㄴ한 제4ㅗㅇ화ㅜ 시절의 을 판다는 ㅡㄹ이 종종 ㅔ시판에 나붙었지만 십중팔ㅜ는 사ㅣ 매물이었다.

문제를 가장 심각하게 받아들인 건 서태지 팬덤이었다. 2000년 발매된 앨범 〈울트라맨이야〉의 9번 트랙 'ㄱ나니'가 ' 나니'가 돼버린 거다. 아무래도 일본어 나니なに처럼 보이는 것 때문에 팬덤 수뇌부는 골머리를 앓았다. 1998년 DJ 정권 당시 전격적으로 이뤄진 일본 대중문화 개방에도 불구하고 일반 시민들은 여전히 왜색을 좇는 가요풍을 경계하는 경향이 있었다. 그렇지 않아도 3집 앨범 수록곡인 〈교실 이데아〉가 '사탄 찬양설'로 애꿎은 오해를 산 안 좋은 기억 때문에 팬덤 수뇌부는 논란의 중심에 서는 것에 극도로 예민한 상태였다. ' 나니'는 'なに'가 아니라는 신문광고를 게재하기 위해 모금 운동이 진행되던 중 팬덤 부시숍 한 명이 벼룩시장에 실린 배치 크라우더의 광고를 발견했다.

뭐든 사고팝니다.

어떻게 이 사람은 아직 ㄱ을 갖고 있지? 어째서 '사ㅗ팝니다'가 아니라 '사고팝니다'인 거지? 재정경제부 사무관으로 근무하고 있던 부시숍은 배치 크라우더의 존재를 윗선에 보고했다. 정부로서는 어둠 속의 한줄기 빛 같은 소식이었다. 이후의 일은 신속하게 처리됐다. 배치 크라우더와의 거래는 재경부 장관의 재가를 거쳐 국무회의에서 비공식 안건으로 상정됐다. 다음날 나라장터 전산망에 '한ᅟᅳᆯ의 첫째 자음 회수에 ᅟᅪᆫ한 포ᅟᅪᆯ 의뢰ᅟᅥᆫ'이 고시되며 단 한 명의 입찰자, 배치 크라우더가 전면에 나서게 된다.

배치 크라우더가 사기꾼일 가능성은 생각하지 않았냐고? 사회 혼란을 틈타 한몫 챙기려는 종자들은 늘 있게 마련인데? 그는 보여줬으니까. '사고팝니다'로 보여줬으니까. 게다가 배치 크라우더라니, 왠지 믿음이 가는 이름 아닌가? 그의 본명이 박치국인 것도 한몫했다. 이미소나 김하안이었다면 결코 따낼 수 없는 계약이었다.

정부는 배치 크라우더에게 외환보유고의 절반에 해당하는 자금을 사용할 수 있는 권한을 줬다. IMF 구제금융 이후의 일이라 부채도 자산이라는 측면에서 적지 않은 재원이 마련

돼 있었다. 배치 크라우더는 전 세계의 디아스포라 한인 커뮤니티와 접촉해 교포 자녀들이 쓰지 않고 방치해둔 ㄱ을 취합했다. 돈으로 풀리지 않는 협상에는 그에 상응하는 대가를 지불했다. 영주권이라든가, 취업 알선, 영구 귀국에 따른 병역 문제 등을 깔끔하게 처리해줬다. 그때부터 배치 크라우더는 한낱 장사치가 아니게 됐다. 전 국민이 백 년 동안 쓰기에 넉넉한 ㄱ이 확보된 이후 열린 기념식에서 그는 한미연합사 부사령관 바로 옆자리에 앉았다.

로터리 아저씨의 코끼리가 무대에 오를 때까지도 배치 크라우더는 모습을 보이지 않았다. 코끼리는 빠른 비트의 음악에 맞춰 페인팅 붓을 코로 감아쥐고 고흐의 〈별이 빛나는 밤〉을 모사해 그렸다. 최호섭의 〈세월이 가면〉이 흘러나오자 클라이맥스에서 고개를 쳐들고 '뿌우' 하며 음을 맞췄다. 나미의 〈인디안 인형처럼〉에 발을 구르며 박자를 맞추기도 했다. 곳곳에 코끼리 발만한 크기의 구멍이 생겼다. 마지막 순서가 이어지는 동안에도 배치 크라우더가 등장할 기색은 없었다. 마트 문은 굳게 닫혀 있었고 무대 뒤는 조용했다. 코끼리가 마무리 인사를 시작했다. 코로 붓을 쥐고 열다섯 개국의 언어로 '행복하세요'를 정성 들여 써냈다. 그렇게 행사는 끝났다.

'프라이스 킹' 배치 크라우더가 끝내 모습을 드러내지 않은 〈킹 프라이스 마트〉의 오픈식이었다.

각국에서 몰려온 취재진과 한껏 기대하고 행사장을 찾은 사람들은 웃으며 돌아갔다. 그들은 "역시 배치 크라우더야. 기대를 저버리지 않는다니까"라고 말했다. "배치 크라우더가 단상에 올라와 어쭙잖은 인사라도 했으면 대단히 실망했을 거야. 그건 너무 우리가 바라는 오픈 행사 그 자체잖아"라고 조금 더 자세한 코멘트를 붙이는 이도 있었다.

나는 철거 업체가 가설무대의 파이프를 하나하나 분리하는 모습을 언덕 위에서 바라봤다. 낮 동안 번잡했던 공터에는 사람들이 남기고 간 과자 봉지며 찢어진 돗자리 같은 쓰레기들만이 을씨년스럽게 흩어져 있었다. 〈킹 프라이스 마트〉 건물 전면부에는 팽팽하게 당겨진 대형 현수막이 바람에 아랑곳않고 위용을 과시했다.

여기에 없는 물건? 천국에도 없어!

모든 것을 살 수도, 팔 수도 있는 사람. 배치 크라우더는 천국의 구체적인 좌표를 알고 있는가? 천국의 마트는 은총 아래 무한 증식하는 멤버십 포인트를 어떻게 관리하는가? 가장 고결한 천사도 처음 가입하면 새싹 등급을 부여받는가? 궁금하지만 곧 질문에 대한 답을 알게 될지도 모를 일이었다. 좋으나 싫으나 한동안은 그와 가깝게 지낼 확률이 높으니까.

'프라이스 킹' 배치 크라우더의 〈킹 프라이스 마트〉. 저곳이 나 구천구의 첫 직장이다.

2

나의 엄마 억조창생 여사의 본명은 이진솔

검은 수염이 길고 뒤통수가 빈 노인이 제단 위에 있다. 색동옷 차림에 구름을 타고 앉아 자기 몸만한 열쇠를 세워 잡고 있다. 얼핏 보면 흔한 장군상처럼 보이지만 실은 베드로다. 후불탱화의 한가운데에는 지장보살을 대신해 머리가 짧은 마리아가 서 있다. 곁에는 무서운 얼굴을 한 미카엘, 가브리엘, 라파엘이 삼지창과 언월도를 들고 있다.

나의 엄마 억조창생 여사의 본명은 이진솔로 나이 서른에 새로 내림받아 베드로 사도신을 모시고 있다. 그때 창성창본 하여 스스로를 인천 억億씨의 시조로 삼아 이름을 새로이 했다.

정화수를 떠놓고 기도하던 엄마가 뒤도 돌아보지 않고 물었다.

“어땠니?”

엄마의 뒤통수가 나를 노려보는 기분이었다. 엄마에게서는 ‘밥 먹었니’ 같은 소리를 들어도 왠지 모르게 주눅이 들었다. 엄마는 그런 말을 잘하지 않기도 했다. ‘밥 먹었니’라든가 ‘잘 잤니’ 같은 것 말이다.

“사람 많죠 뭐.”

“박치국씨는?”

“안 나타났어요.”

“역시나. 박치국씨답네.”

저마다 배치 크라우더를 꿰뚫어본다는 듯 한마디씩 덧붙이는 게 신기했다. 그에 관한 의견이 전혀 없는 사람은 나뿐인 것 같았다. 엄마는 자리에서 일어나 향을 새로 피웠다. 이십 킬로짜리 신동진쌀과 껍질을 벗겨내지 않은 신고배 틈으로 이리저리 연기가 파고들었다.

“한동안 비가 오겠어.”

엄마는 혼잣말처럼 일기예보하고 손을 모아 기도했다. 성호를 긋고서 돌아선 엄마의 입술은 어지러울 정도로 빨갰다. 입생로랑 루쥬 삐르 꾸뛰르 중 1966 루쥬 리브르. 엄마가 인터넷 쇼핑으로 사는 유일한 물건이었다.

"그냥 이구나 칠구 시키면 안 돼요?"

"누가 형들 이름을 그렇게 부르지?"

"아니, 그니까…… 이구 형이 힘도 세고…… 칠구 형이 수완도 좋고. 아무리 생각해도 저랑은 좀 안 맞는 거 같아서요."

"걔들은 영이 맑지 않아서 안 돼. 너도 좀 간당간당한데 어쩔 수 없어서 보내는 거야. 그리고 너도 일도 좀 하고 그래야지, 언제까지 집구석에 붙어만 지낼 거니?"

영이 맑거나 흐리거나, 영성이 있거나 없거나 하는 문제에 관해서라면 내가 엄마에게 할 수 있는 말이 별로 많지 않았다. 왜냐하면 그게 명실상부한 엄마의 전문분야이자 직업 활동의 일환이기 때문이었다.

엄마는 불리는 무당이 즐비한 우리 동네에서도 탑티어였다. 오 년 치 예약이 빼곡히 잡혀 있었다. 엄마에게 자신의 운명을 묻고 싶어하는 유명 정치인이나 기업가들이 줄을 섰지만 엄마를 만나는 건 쉽지 않았다. 돈을 아무리 싸 들고 온다 해도 길게 늘어선 줄에서 새치기할 방법은 없기 때문이었다. 하지만 끈기 있게 자신의 순서를 기다린 사람이라면 틀림없이 그만한 결과를 얻을 수 있었다.

엄마가 처음 모신 건 남다를 것 없는 맥아더 장군신이었다.

연안부두 근처에서 태어난 엄마는 지금 동네로 오기 전까지 평생을 인천에서 자랐다. 소풍 때마다 자유공원의 맥아더 동상 앞에서 도시락을 먹었다. 고민이 있을 때면 밤이슬을 맞으며 자전거를 타고 맥아더 동상 앞에 가서 고민되는 문제를 고민했고 그러다가 공원을 배회하는 불량배 무리를 만나 담배 한 모금을 얻어 피우기도 했다. 소주를 처음 마신 것도 맥아더 동상 앞에서였고 남자친구와 첫 키스를 한 곳도 그곳이었다. 더글러스 맥아더에 관한 역사적 입장이나 인평은 엄마의 관심 밖이었다. 그저 집 근처에 그런 크고 높은 동상이 있다는 게 왠지 마음을 든든하게 해주었다.

신을 모시는 건 외가의 패밀리 비즈니스였다. 열여덟 겨울방학 처음 앓아누웠을 때 엄마는 당황하지 않고 마니산 굿당에 들어갔다. 거기서 신어미를 모시고 기도 생활을 시작했다. 그러는 중에도 공부를 놓지 않아 검정고시를 치르고 친구들과 같은 나이에 수능을 봤다. 엄마는 성심여자대학교 불어불문학과에 지원해 합격 통지서를 받았다. 할머니에게는 점수에 맞춰 집에서 가까운 대학을 고르느라 그랬다고 했지만, 실은 한 해 먼저 신학교에 간 남자친구의 영향이 컸다. 맥아더 동상 앞에서 엄마와 첫 키스를 한 그 남자는 신부가 되기로 결심했다. 오해할까봐 미리 말해두는데, 그는 장래에 나의 아버지가 되기로 정해져 있는 사람이 아니다. 누가 봐도 지금 그런 전개로 나가는 것 같아서 미리 확실하게 못박아두는 거다.

엄마는 대학을 다니며 제자 생활을 이어갔고, 친구들이 어학연수를 떠난 새내기 여름방학에 내림굿을 받았다. 자유공원을 가득 메운 반미 단체가 맥아더 동상에 줄을 묶어 당길 때도 엄마는 동요하지 않았다. 장군님은 이미 엄마의 마음속에 살아 계셨기 때문이다. 군복무를 포함해 십 년의 신학교 생활을 마친 엄마의 남자친구는 마침내 사제 서품을 받게 됐다. 엄마는 슬펐지만 울지 않았다고 한다. 서로 다른 신을 모시지만 결국에는 같은 길을 걷는 거라고 생각했으니까.

차마 서품식이 열리는 성당 안으로는 들어가지 못했다. 성당 밖에는 한눈에 봐도 엄마의 동종 업계 종사자로 보이는 사람 몇몇이 모여 도시락을 먹고 있었다. 그들은 하늘 열리는 걸 보려고 기다리는 중이라고 했다. 그런 날이면 어김없이 하늘 문이 열린다고 했다. 무당들 사이에서 그리스도 하느님은 신 중의 큰 신이자 대장 신으로 경외와 두려움의 대상이었다.

엄마는 그들 옆에서 정성을 다해 '사제들을 위한 기도'를 올렸다. 당신의 신이 당신을 지켜주시어 어느 누구도 당신을 해치지 못하게 하기를. 영광스러운 사제직에 올라 날마다 당신 주님의 몸과 피를 축성하게 될 당신을 언제나 깨끗하고 거룩하게 지켜주기를. 당신이 하는 모든 일에 당신의 신이 강복하시어 은총의 풍부한 열매를 맺게 하시고, 더없는 기쁨과 위안을 얻고, 천국에서는 찬란히 빛나는 영광을 누리기를. 그리하여 나중에 우리 만나기를.

그때 엄마는 문득 자신의 뒤에서 환하고 따듯한 빛의 기척을 느꼈다. 도시락을 다 비운 무당들은 보온병에 담아온 믹스커피를 나눠 마시며 하늘만 바라보고 있었다. 올해는 아닌가벼. 서울교구가 언제지? 영빨은 춘천교구가 세다니까, 산이 많아서. 빛을 느끼는 건 엄마뿐인 듯했다. 엄마는 뒤돌아볼 용기조차 내지 못했다. 돌처럼 굳어 두려움에 떨고 있는 엄마 앞에 광휘의 주인이 몸을 드러냈다.

천국의 열쇠를 들고 있는 베드로였다.

온몸에 힘이 빠진 엄마는 그대로 털썩 주저앉았다. 옆에 있던 무당들이 달려와 엄마를 에워싸고 물었다. 봤어? 뭘 본 거야? 부럽다 부러워. 젊음이 부러워. 애기 제자라 확실히 세네. 세다 세.

엄마는 그렇게 새로운 신을 모시고 평생 살아온 인천을 떠나 이 동네로 왔다. 더 크고 강력한 무당으로 변신해서 말이다. 엄마의 수첩에는 대단한 분들의 연락처가 많았다. 그중 누구의 도움으로 배치 크라우더와 연이 닿아 나를 〈킹 프라이스 마트〉에 꽂아넣었는지는 모르겠다. 하여튼 내가 지금 모두의 부러움을 사고 있는 것만은 확실했다. 적어도 이구와 칠구에게만큼은 그랬다. 태어나서 이때껏 한 달 이상 같은 일을 해본 적이 없는데, 할 수 있을까? 정말 할 수 있을까? 사실 내 생각 같은 건 별로 중요하지 않았다. 엄마가 하라고 했으면 하는 거지 다른 의견은 낼 수가 없었다.

"가서 네가 할일이 있어."

원래도 엄마는 진지한 사람인데, 이렇게 심각한 표정으로 무언가를 말할 때면 숨이 멎을 것 같았다. 엄마 등뒤에 있는 세 천사가 함께 미간에 힘을 주는 듯했다.

"뭔데요?"

"차차 얘기해줄 테니까 정신 똑바로 붙들고 다녀. 어렵게 만든 자린데 엄마 얼굴에 똥칠할 생각 하지 말고."

여부가 있겠습니까. 자신은 없지만.

아침 일찍 일어나 최대한 조용히 나갈 준비를 했다. 전날 술을 퍼먹고 늦게 들어온 이구와 칠구는 뒤엉킨 채 거실에서 자고 있었다. 자릿세 장사로 용돈벌이를 쏠쏠하게 했나보다. 엄마는 새벽 기도를 드리러 나가고 없었다. 나는 제단 앞에서 베드로를 바라보며 습관처럼 성호를 그었다. 최대한 조용히 신발을 신고 집을 나섰다. 꿈자리가 뒤숭숭할 정도로 긴장이 심했는데, 막상 첫 출근을 한다고 하니 묘하게 설렜다.

어떤 사람들과 함께 일하게 될까? 배치 크라우더는 어떤 사람일까? 내가 얼마나 버틸 수 있을까? 엄마의 기대를 저버리면 무슨 일이 일어나게 될까? 엄마가 말한 할일이란 게 대체 뭘까?

〈킹 프라이스 마트〉 앞은 요란했던 행사의 흔적을 찾아볼 수 없을 만큼 깔끔했다. 〈킹 프라이스 마트〉의 역사적인 첫 손님이 되기 위해 입구에서 기다리는 사람들이 꽤 있었다. 일등으로 온 사람은 텐트까지 쳐놓고 라면을 끓이는 중이었다. 오픈식 때 배치 크라우더의 모습을 카메라에 담지 못했던 방송사 취재진들도 마트 입구를 향해 카메라를 받쳐놓았다. 나는 늘어선 줄의 끝자락에서 기우란 할머니를 발견하고서 반갑게 인사를 건넸다.

"할머니도 오픈 런 하러 오신 거예요?"

"아니 이놈아, 우동면 말구 라면. 라면이 똑 떨어졌다니까. 뭔 먹고 살 일 생긴다고 라면들을 그렇게 처먹는지. 일찍 나왔는데 왜 이리 사람이 많어. 출근하는겨? 사장님 말씀 잘 듣고 손님들한테 친절히 해라. 내가 가끔 들러서 검사할 것인께."

"할머니, 줄 서지 말고 가게에 있으세요. 제가 갖다드릴게요."

"니는 옛날부터 그렇게 정신머리가 썩어빠진 게 문제여. 남들 다 줄 서서 가게 들어가는디 왜 나만 배달해준다는 거냐? 내가 배치 크라우더 그 양반처럼 레지옹 도뇌르 슈발리에 훈장이라도 받았다냐? 라면 끓이고 떡볶이 끓여 파는 할미가 너 같은 말단 직원 하나 믿고 유세를 부리면 나라꼴이 어떻게 되겠어. 그래가지고 사회정의가 똑바로 설 성싶으냐? 이게 나라여? 이게 나라냐고? 나라님이 너 같은 놈 안 잡아가고 뭐하고 자빠졌는지. 쯧쯧."

"죄송해요, 할머니. 뭐 그렇게 급발진을 하고 그래요."

"급진? 네놈 보기엔 이 정도가 겨우 급진이라는 거냐? 바른말 한마디했다고 바로 분파주의 본성 나오는 게 틀려먹어도 한참 틀려먹었어. 느그 집에 굴러다니는 그 양아치 놈들하고 니가 다를 게 뭐냐. 급진 같은 소리 하고 있네. 이 나라에 급진파들 진작에 다 얼어죽었구먼 분식집 하는 할미한테 급진 타령을 하니 내가 관세음보살님 볼 면목이 없다. 니가 래디칼을 알기나 알아?"

"아…… 네네, 알겠어요. 라면 잘 사가시고 이따 점심에 갈게요, 라면 먹으러."

"그려. 파 넣고 달걀 풀어서 시원하게 끓여줄 것인께 밥 거르지 말고 와서 먹어라."

기우란 할머니에게 인사하고 돌아서는데 발을 헛디뎠다. 청룡열차에서 방금 내린 사람처럼 약간의 어지러움을 느끼며 직원 출입구로 발길을 옮겼다. 아침에 받은 문자메시지에 도어록 비밀번호가 적혀 있었다. 일곱 자리 번호를 차례로 눌렀다. 귀에 익은 〈짐노페디〉 멜로디가 미디 사운드로 울리며 자물쇠가 열렸다. 심호흡할 겨를도 없이 활짝 열린 문 뒤로 〈킹프라이스 마트〉의 내부가 보였다. 빨려들어갈 듯한 암흑이었다. 기계 돌아가는 소리 하나 없이 완벽한 정적뿐이었다.

손목을 들어 시계를 보니 오픈 오 분 전이었다. 아무것도 보이지 않는데 무언가 가득한 것처럼 내 몸에 육박해 들어오는 진공이 느껴졌다. 아마도 이건…… 수맥? 전화를 꺼내 비밀번호를 보내온 전화번호로 통화 버튼을 눌렀다. 거대한 고래 뱃속 같은 어둠 속에서 어딘가 찌그러져버린 듯한 〈짐노페디〉 멜로디가 울렸다. 벨소리가 끊기고 핸드폰 너머에서 옅은 숨소리가 오르락내리락했다.

"사……사장님?"

"응."

"출근했는데요."

"퇴근해."

"네?"

"출근했으니까 퇴근해야지."

"지금 왔는데요."

"언젠가는 퇴근할 거잖아. 지금 해."

"그건 안 될 것 같은데요."

"왜."

"오픈을 안 했으니까요."

"……"

"……"

"억여사가 제대로 된 놈을 보냈구만."

탕.

탕.

탕.

전원 들어오는 소리와 함께 높은 층고의 천장에 매달린 조명들이 켜졌다. 천천히 밝아지면서 마트 내부가 조금씩 모습을 드러냈다. 지게차 옆 아파트 삼층 높이의 거대한 창고형 선반 하나. 그리고 아무것도 없다. *선반에, 아무것도 없다.* 천 평짜리 매장 한가운데 덩그러니 놓인 책상과 앞뒤에 하나씩 있는 의자. 그 뒤로 놓인 코끼리만한 금고. 그것 말고는 아무것도 없다. 내게서 너무 멀리 떨어진 책상에 앉아 있는 박치국, 일명 배치 크라우더. 저 사람이 나 구천구의 첫 고용주인 거다.

앉은키만으로도 상당한 풍채가 느껴졌다. 파르스름한 수염 자국이 각진 하관을 더욱 도드라져 보이게 했다. 품이 넓은 정장 재킷을 입고 있었는데 유난히 올드한 느낌을 자아냈고, 그 모습이 나에게는 '가다마이'라는 말을 떠올리게 했다. 그랬다. 그는 재킷이라기보다는 가다마이를 걸치고 앉아 있는 느낌이었다. 그런 생각이 한번 들고 나니 그가 맨 넥타이도 올드해 보이고, 포마드로 빗어 넘긴 듯한 머리 스타일도 고전적으로 보이는 효과가 있었다. 구닥다리 같다기보다는 전통에서 비롯된 권위를 체현한 존재라는 인상을 줬다.

정각을 알리는 종소리와 함께 마트의 정문이 열렸다. 문 앞에 진을 치고 있던 사람들이 한꺼번에 쏟아져 들어오다가 우뚝 멈춰 섰다. 카트는? 계산대는? 오픈 기념 특가 할인 상품을 적어놓은 광고지는? 무엇보다…… 물건은? 어디로 가야 하지? 뭘 사야 하지? 누구한테 무엇을 물어야 하지? 우왕좌왕하는 사람들을 향해 나는 소리쳤다.

"줄 서세요. 책상 앞으로 차례대로 줄 서세요."

배치 크라우더가 제법이라는 듯 내게 눈짓을 보냈다. 나는 그의 뒤로 가서 충직한 수행 비서처럼 두 손을 모으고 섰다. 왠지 그래야 할 것 같았다.

배치는 책상 앞에 온 손님을 차례로 맞이했다. 무선 청소기요. 그런 건 없습니다. 사 인용 전기 그릴요. 그런 건 없습니다. 언더 싱크 정수기요. 그런 건 없습니다. RC카요. 그런 건 없습니다. 명함꽂이요. 그런 건 없습니다.

"사십 피트급 요트요."

"그런 건 당신에게 필요하지 않습니다."

"대륙 간 순항미사일요."

"재고가 없습니다."

"독재자요."

"중고나라에 가보세요. 거기 많을 겁니다."

그는 손님을 차례로 돌려보냈다. 거절하기 위해 가게를 열기라도 한 것 같았다. 발길을 돌리는 사람들은 욕을 하기도, 어이없어하며 웃기도 했고 곰곰이 생각에 잠긴 경우도 있었다. 이것이 배치 크라우더가 전하는 큰 가르침일 수도 있다는 듯이. 그때 익숙한 얼굴이 책상 앞으로 왔다. 기우란 할머니였다.

"신라면 다섯 박스만 사다줘."

배치 크라우더가 급격히 밝아진 얼굴로 대답했다.

"물론이죠. 그래야죠. 그런 게 저희가 하는 일입니다. 블랙 말고 오리지널이면 될까요? 건면 버전도 나왔다는데 그런 걸 라면이라고 할 수 있을는지요. 설마 컵라면이 필요하신 건 아니겠죠. 물론 그렇겠죠. 그럴 거라고 생각했습니다. 안양, 안성, 구미, 부산, 어느 라인에서 생산된 제품을 원하십니까? 공장에 따라 맛의 미묘한 차이를 느끼는 분도 있습니다. 혹시 수출용 제품이나 해외 생산품을 원하시나요? 중국으로 수출하는 제품 중에 '새우맛 신라면'이 있습니다. 원하신다면 얼마든지 구해다드릴 수 있지요."

이제까지 모든 고객을 한두 마디로 돌려보내던 것과는 달랐다. 처음 입이 트인 어린아이처럼 말을 쏟아내는 모습에서는 열기마저 느껴졌다. 할머니가 말을 끊지 않았다면 하루 온종일 신라면 이야기를 할 수도 있을 것 같았다.

"뭐라는 거여. 그냥 라면 다섯 박스 사다달라고. 우리 가게 알어? 저 앞에 〈미륵 떡볶이〉라고 있는데, 천구 저놈이 잘 알겨. 내가 거기 사장이여."

"물론입니다. 거래에 감사드립니다. 앞으로 저희 〈킹 프라이스 마트〉와 〈미륵 떡볶이〉의 동반자적 관계를 기대하셔도 좋습니다. 애로 사항이 있으시면 저에게 직접 말씀해주세요. 여기 제 명함, 개인 번호도 적어놨습니다. 몇 명밖에 모르는 저의 핸드폰 번호죠. 여기 뒤에 있는 우리 직원, 유일한 직원입니다만, 저 친구에게도 알려줄까 말까 고민 많이 했습니다. 하지만 〈미륵 떡볶이〉 대표님께는 이렇게 공유합니다. 이 거래가 신라면에서 시작해서 어디까지 뻗어가게 될지 기대해보죠."

기우란 할머니는 나의 사장 배치 크라우더를 물끄러미 보다가 한마디 던지고 나갔다.

"거참…… 말씀이 많은 양반이구먼."

배치 크라우더가 열과 성을 다해 응대한 사람은 기우란 할머니가 처음이자 마지막이었다. 가게 앞에 늘어서 있던 대기줄은 신속하게 줄어들었다. 그뒤로도 뜨문뜨문 손님이 찾아왔지만 역시나 배치 크라우더는 몇 마디 말로 그들을 모두 돌려보냈다. 배치 크라우더를 만나기 위해 취리히에서 날아왔다고 강조한 인도인도 있었다. 그의 이야기는 조금 더 들어주는 척했지만 결론은 같았다. 당신이 그것을 구해야 할 장소는 이곳이 아닙니다. 뒤에 서 있는 내가 다 민망할 정도였다.

결국은 손님이 뜸해졌다. 한숨 돌리게 되자 마트를 살필 여유가 생겼다. 원래는 허허벌판이었던 마트 부지는 가끔씩 덤프트럭이나 관광버스가 편하게 주차를 하던 자리였다. 공사를 시작하고 며칠 만에 세워진 샌드위치 패널 구조의 마트는 바른 지 얼마 안 된 바닥의 시멘트 때문에 묘한 습기로 차 있었다. 나와 배치는 멍하니 가게 입구를 바라보고 있었다. 배치 크라우더가 특이한 사람인 건 분명했지만 심심함을 참지 못하는 건 세상 누구와도 다를 바 없는 모양이었다. 드디어 사장님과 나의 개인적인 대화가 시작됐다.

"그래서, 자네 이름이 천구라고? 〈미륵 떡볶이〉 기우란 사장님께서 그렇게 이야기하셨던 것 같은데."

"예, 맞습니다. 일천 천에 아홉 구 해서 천구입니다."

"억천구? 꽤나 강인한 이름이군."

"아니요. 구천구요. 억씨는 어머니의 성이고, 우리 어머니도 애초에 억씨였던 건 아니라서요."

"아, 그렇지. 그렇겠지. 하지만 이상해. 내가 만약 억여사의 자식이라면 얼굴도 못 본 아버지의 성 따위는 따르고 싶지 않을 텐데. 당연히 그 대단한 엄마의 성을 따라야지. 실정법상으로도 얼마든지 가능한 일이라고."

"저희 아버지를 아세요?"

"아니. 자네 아버지는 몰라."

그때 마트 정문의 슬라이딩 도어가 슬로모션처럼 천천히 열렸다. 서쪽으로 넘어가던 해가 문틈으로 흘려보낸 붉은 광선이 문 앞에 도착해 있었다. 그 빛을 등지고 우리를 향해 천천히 내딛는 걸음의 주인공은 챙이 넓은 모자를 쓴 여자였다. 안경 끝이 뾰족하게 올라가 거의 모자에 닿을 정도였다. 여자가 한 발 한 발 다가올 때마다 물건도 가구도 없는 빈 창고 같은 〈킹 프라이스 마트〉 내부에 구두굽 소리가 울려퍼졌다. 배치 크라우더가 침을 꼴깍 삼키는 소리가 내 귀에 닿았다.

손님이었다. 진짜 손님. 기우란 할머니의 신라면보다 대단한 걸 주문하고야 말 진짜 손님 말이다.

3

여자는 모자를 무릎 위에 올려놓았다

의자에 앉은 여자는 모자를 무릎 위에 올려놓았다. 숱이 풍성한 머리를 하나로 묶어서 이마가 시원하게 드러나 있었다. 조금 과하다 싶게 넓은 이마였다. 그는 두 입술을 앙다문 채로 말없이 배치 크라우더를 응시했다. 지루했는지 내 쪽으로도 눈길을 한 번 보내고, 천천히 고개를 돌려 마트 내부를 살폈다. 자산 매각 의뢰를 받아 방문한 감정평가사처럼 신중한 표정이었다.

배치가 허벅지에 올려놓은 손가락을 꼼지락댔다. 바로 뒤에서 본 그의 목덜미에 땀이 송송 맺혀 있었다. 모두가 배치에게 와서 무언가를 요구했는데, 이 여자는 아무 말이 없다.

이건 뭔가 잘못된 거다. 배치도 그렇게 생각하는 것 같았다.

"환영합니마. *니다. 니다.* 환영합니다."

입천장이 말라붙었는지 어렵게 입을 뗀 배치 크라우더의 인사가 꼬였다.

"고마워요."

"뭘 찾고 계신가요. 뭐가 필요하세요. 원하시는 게 뭐죠."

"내가 원하면 다 살 수 있나요."

"〈킹 프라이스 마트〉에서라면 물론이죠. 여기에 없는 물건이 있는 곳은 천국밖에 없을 테니까요."

여기 없는 건 천국에도 없다며. 왜 갑자기 말을 바꾸고 그래.

"복수를 원해요."

'복수'라는 단어에 단호함이 실려 있었다. 여자는 안경을 고쳐 쓰며 말을 이어갔다.

"값싸고 질 좋은, 하지만 싸구려가 아닌 복수요. 평생 기억에 남을 기념비적인 복수를 찾고 있어요. 나에게도, 당하는 사람에게도 의미 있는 그런 복수가 있을까요? 배치 크라우더 당신이라면 틀림없이 나를 도와줄 수 있을 거라고 했어요."

배치는 너털웃음을 터뜨리며 고개를 끄덕였다.

"난 또 뭐라고. 복수라니요, 그런 게 바로 저 배치 크라우더가 하는 일입니다. 얼마까지 알아보고 오셨나요? 가격대별로, 기간별로 맞춰서 안내해드릴 수 있습니다. 형사적 책임에서 자유롭고 민사상의 공격은 최대한 회피할 수 있게 해드립니다. 북유럽 이케아 스타일의 복수를 제일 많이 찾으시고, 남미식 복수도 한때 유행했는데 뒤끝이 좋지 않아서 추천드리지는 않습니다. 하지만 고객님이 원한다면 〈킹 프라이스 마트〉의 서비스에는 어떠한 제한도 존재하지 않죠. 그래서, 복수할 대상이 누굽니까? 전 애인? 현 애인? 사장? 부장? 중학교 동창이나 윗집 사는 이웃인가요?"

"몰라요."

"아하, 저희가 타깃에 대한 정보부터 모아드리면 되는 거군요. 약간의 추가 비용이 발생하지만 어려운 일은 아닙니다. 어디로 가면 그 사람을 볼 수 있죠? 사람이 아니어도 놀라지 않겠습니다. 워낙에 포스트휴먼한 시대니까."

"그게, 모르겠어요. 타깃을요."

"잘 모르는 분이 대상인가요?"

"아니요. 그런 분이 없어요. 그런 것도 없고요. 복수라는 걸 하고는 싶은데 대상이 없어요. 원한도 미움도 없어요. 그 누구에게도요. 그냥 저는 복수만 하면 돼요. 누가 다치거나 괴로워지는 건 원치 않아요. 그런 업보는 반드시 저에게 돌아오게 돼 있으니까요. 복수라는 게 꽃집에서 살 수 있는 국화과 식물의 일종이면 좋겠다는 생각도 했어요. 나는 그냥 물병에 꽂아둔 복수를 감상하기만 하면 되니까요. 하지만 복수는 속성상 사적이고 대상화될 수밖에 없는 주제니까……"

여자는 진지하고 또 차분했다. 배치의 뒤에 있던 나는 그가 지금 어떤 표정을 짓고 있을지 궁금했다. 원한도 대상도 없는 복수라니.

"탁월하십니다."

배치 크라우더가 파열음에 강세를 주며 대답했다.

"손님 같은 분을 위해 〈킹 프라이스 마트〉가 존재합니다. 쉽지 않은 의뢰라서 더 매력적이군요. 호승심이랄까요…… 아 물론, 손님을 이겨먹겠다는 말은 아닙니다. 언제까지나 제가 이겨야 할 대상은 저 자신, 배치 크라우더겠지요. 맡겨주십시오. 최고의 결과로 보답하겠습니다."

배치 크라우더가 자리에서 일어나 여자에게 악수를 청했다. 그는 손을 오므려 배치의 손끝을 살짝 잡았다가 놓고는 돌아서서 가게를 떠났다. 들어올 때처럼 또각거리는 구두 소리를 남긴 채.

배치는 뒷주머니에서 꺼낸 손수건으로 이마에 맺힌 땀을 훔치며 내게 말했다.

"저 정도는 돼야 우리 가게에 어울리는 손님이라고 할 수 있지. 오늘 받은 주문이 어떻게 되나, 천구? 한번 읊어보라고."

"신라면 다섯 박스랑 복수요."

"정확해. 내가 기억하는 것과 틀림없이 일치하는구먼."

"복수 쪽은 아무래도 사장님이 처리하셔야 할 것 같네요. 저는 신라면 담당할게요."

"무슨 소린가 천구. 사장이라면 마땅히 복잡하고 고된 일을 도맡아야지. 라면은 내가 처리하겠네."

"네?"

"내가 볼 때 천구 자네의 잠재력은 상상을 초월해. 본 지 얼마 안 됐지만 말이야. 천구라는 이름이 어울리지 않을 정도야. 만구, 백만구, 천만구 정도는 돼야 자네를 제대로 표현하는 이름이라고 할 수 있지. 복수? 요즘 같은 시절에는 시골 오일장에만 가도 발에 채는 게 복수야. 대상이 없다는 점 때문에 조금 난이도가 있긴 하지만, 자네라면 얼마든지 방법을 찾을 수 있을 걸세."

배치의 눈빛이 유난히 어두워 보였다. 나를 보며 말하지만 내 뒤에 있는 무언가, 혹은 자신의 먼 과거를 향해 말하는 것처럼 보였다. 진심으로 나를 믿고 있는 건지 책임을 떠넘기려는 건지 확신할 수 없었다. 하지만 그가 누구던가. 누가 뭐래도 장사의 신 배치 크라우더 아닌가. 그런 사람이 나를 믿고 있다. 고맙고 또 쑥스러워서 나는 머리를 긁적였다.

정해진 시간보다 조금 이르게 마감을 했다. 사장님과 함께 나와 셔터를 내렸다. 하교하는 학생처럼 사장님께 고개 숙여 인사를 하고 집을 향해 걸어갔다. 뒤를 돌아보니 사장님이 나를 향해 손을 흔들고 있다. 나도 다시 고개를 깊이 숙여 인사했다. 또 돌아보면 아직도 그러고 있을 것 같아서 팔을 흔들며 달려갔다. 숨이 턱까지 차올랐다. 예상치 못했던 행복감이 전신을 타고 도는 게 느껴졌다. 이렇게 첫 출근을 무사히 넘긴 거다.

아, 직장이 있다는 건 이런 기분이구나!

정규직은 처음이지만 살면서 일을 아주 안 해본 건 아니었다. 돈 되는 일이라면 뭐든 하는 이구와 칠구를 따라나선 적이 몇 번 있었다. 돈이 별로 안 되는 일도 어떻게든 돈이 되게 하는 놈들이었다. 낮에 건설 현장에서 철근을 날랐다면 밤에 그 철근을 훔쳐다 파는 식이었다. 낮의 일을 같이하는 건 괜찮았지만 밤의 일은 함께하고 싶지 않았다. 그럴 때마다 걔들은 나를 겁쟁이, 배신자, 이기적인 새끼 취급했다. 엄마는 늘 형들이 아닌 나를 나무랐다. 한 번도 내 가족이 나를 편안하게 해준다고 느낀 적이 없었다.

슬픈 기억을 떠올리다보니 어느덧 코끼리 아저씨를 만났던 로터리에 접어들었다. 망막에 남은 잔영처럼 가로등 불빛 아래로 커다란 수레를 끌고 가는 아저씨가 어른거렸다. 가로등이 깜빡거릴 때마다 아저씨의 모습이 어른어른 나타났다가 사라졌다. 몇 번이나 구청에 민원을 넣었지만 도무지 고쳐지지 않는 가로등이 계속 깜빡였다. 가까이 갈수록 아저씨의 모습이 너무 선명해서 잔영처럼 느껴지지 않을 정도였다. 정말이었다. 잔영도 환영도 아닌 실재였으니까.

처음 만났을 때처럼 아저씨는 로터리를 뱅뱅 돌고 있었다. 하지만 표정이 좋지 않았다.

"아저씨! 오늘도 계시네요. 다른 행사는 안 가세요?"

"갈 수가 없게 됐어요. 코끼리가 죽었습니다."

그렇게 말하며 나를 쳐다보는 아저씨의 눈이 퉁퉁 부어 있었다. 눈가에 흰 가루가 말라붙어 있었다. 오래 많이 운 사람의 얼굴이었다.

"어제 행사가 끝나고 숙소 앞에 코끼리를 매어두었어요. 소금밥도 대접으로 하나 말아주고, 건초도 넉넉히 놓아두었습니다. 만족스러운 공연이었거든요. 사람들의 호응도 좋았고, 코끼리도 기분이 좋았는지 숙소에 와서도 내내 발을 굴렀죠. 소금밥이요? 코끼리가 제일 좋아하는 간식입니다. 야생에서라면 바위를 핥아 염분을 섭취하겠지만 저랑 다니면 그럴 수 없으니까요. 짜면 짜다고 하는데 싱거우면 맛이 없다고 그럽니다. 사람이나 코끼리나 마찬가지예요. 그런데 아침에 보니 나의 코끼리가 죽어 있었습니다. 멍 하나 없이 깨끗한 모습이었어요. 언제 숨을 거뒀는지도 알 수 없었죠. 코끼리의 커다란 몸이 쓰러졌다면 어지간히 큰 소리가 났을 텐데, 밤새 얕은잠에 들어 있던 내가 아무 소리도 듣지 못한 게 이상하기만 합니다. 코끼리는 자기 죽을 때를 스스로 안다는데, 녀석도 그랬을지 모르겠어요. 죽음을 예감하고 가만히 다리를 굽혀 땅에 누웠는지도요. 이름요? 우리 코끼리에게 이름 같은 건 없습니다. 사람이 단 한 명뿐이라면 그에게 이름이 필요하겠어요? 모두에게나 사람으로 불리면 족할 일이죠. 나의 코끼리는 그냥 코끼리였습니다. 언제까지나 그럴 거고요."

아저씨는 입가로 흘러내리는 침을 연신 닦아내며 말을 쏟아냈다. 너무 많이 울어서 이젠 끄집어낼 수분이 그것밖에 없기라도 한 것처럼. 나는 감히 무슨 위로 같은 것도 하지 못한 채 고개를 끄덕이며 아저씨의 말을 들었다.

"혹시라도 제가 도울 게 있다면 말해주세요, 아저씨."

"아닙니다. 생멸의 여여한 진리를 어떻게 거스를 수 있겠나요. 있나요? 거스를 수 있다면 그렇게라도 하고 싶군요. 하지만 청년이라고 무슨 뾰족한 수가 있겠습니까."

"원한다면 저희 사장님께 말씀드려볼 수도 있고요. 아저씨도 잘 아시는 '프라이스 킹' 배치 크라우더가 저희 사장님이에요. 제가 〈킹 프라이스 마트〉에서 일하고 있거든요."

아저씨는 놀란 표정으로 내 얼굴을 유심히 바라봤다.

"배치 크라우더 밑에서 일하는군요."

나는 뭔가 쑥스럽고도 뿌듯해서 어색하게 웃으며 대답했다.

"오늘 처음 출근했어요. 직원은 저 하나뿐이에요."

아저씨는 고개를 끄덕였다.

"그렇군요. 그래요…… 배치 크라우더라면 나를 위해 해줄 수 있는 일이 분명 있을 겁니다. 일단은 약속받은 행사 대금을 기일보다 앞당겨주는 게 하나 있을 것이고…… 그게 우리 코끼리를 살려낼 순 없겠지만 나를 좀 위로해줄 수는 있겠죠. 그 사람이라면 우리 코끼리와 거의 다르지 않은 코끼리를 찾아낼 수도 있을 겁니다. 그 코끼리와 함께 지내다보면 나는 내가 이런 끔찍한 일을 겪었다는 사실조차 잊어버릴지도 모르죠. DNA를 복제해서 유전적으로 동일한 아기 코끼리를 만들어줄지도 모릅니다. 배치 크라우더가 유전공학자는 아니지만, 최고의 유전공학자에게 일을 맡기려면 어디로 가야 하는지 분명하게 알고 있을 사람이니까요."

아저씨는 생각보다 유통업에 대한 식견이 뛰어난 것 같았다. 내가 생각한 건 따듯한 위로의 마음 같은 걸 포장해서 전달하는 정도였는데, 훨씬 구체적인 이야기를 해줘서 참고가 됐다.

"하지만 저는 그런 것을 원하지 않습니다."

구체적인 방안들을 줄줄이 이야기한 것과는 다른 방향의 결론이었다. 그의 말투는 단호했다.

"배치 크라우더가 할 수 있는 모든 것을 존중하지만, 저는 그런 것이 필요한 게 아닙니다. 나의 코끼리는, 영원히 나의 코끼리일 뿐이니까요."

내게도 그런 게 있을까? 영원한 나의 무언가. 없다면, 언젠가 그런 게 생길 수도 있을까?

집에 돌아오니 엄마가 밥을 차려놓고 기다리고 있었다. 고등어자반구이와 시금치나물무침, 얇게 채 썬 어묵볶음까지 모두 내가 좋아하는 메뉴였다. 이구와 칠구는 보이지 않았다. 보나마나 〈미륵 떡볶이〉 앞 파라솔 벤치에서 맥주를 들이켜고 있을 것이다. 내일 아침 기우란 할머니가 허리를 굽혀가며 찌그러진 맥주 캔을 치워야 할 것이다. 화장실에서 손을 씻고 나오니 식탁 가운데 놓인 뚝배기에서 된장찌개가 팔팔 끓고 있었다.

"수고했다."

엄마는 자기가 말해놓고도 어색한지 쪽찐 머리를 괜히 만졌다.

"제단에 올리는 음식 말고 사람 먹는 걸 차린 게 오랜만이라 간이 맞을지 모르겠다. 소금 치는 게 익숙지 않아서."

아직도 끓고 있는 된장찌개를 한술 떠봤다. 혀끝이 찌릿할 정도로 짰다. 된장만 풀어도 간간한 법인데 거기에 소금을 왕창 넣은 모양이었다. 귀신 들려서 방바닥을 구르는 사람에게 먹이면 벌떡 일어나 박수 치며 찬송가를 부를 맛이었다. 그래도 좋았다. 엄마가 차려준 밥을 먹은 게 언제였더라. 이유식이 마지막 아니었을까. 그때도 간은 별로 하지 않았을 테니 엄마가 간을 못 맞추는 게 이상하지도 않았다.

"사장님이랑은 어떻게 아는 사이예요?"

내가 먼저 엄마에게 무언가를 물어보는 일은 드물었기 때문에 엄마는 조금 놀란 눈치였다. 내 맞은편 자리에 와서 앉더니 목을 가다듬고 말했다.

"우리는 공유하고 있는 VIP 고객이 꽤 많단다. 평범한 사람들이 원하는 것으로는 만족하지 못하는 분들이지."

"친해요? 사장님이랑?"

"그런 게 아니야, 어른들의 일이란 건."

엄마는 가끔 내가 스물일곱인 걸 잊고 있는 것만 같았다. 어쩌면 정말 모르는지도 몰랐다. 그러게. 정말 모르는 거 같다. 엄마는 내가 몇 살인지 절대로 모를 듯.

"그래서, 거긴 어떠니? 구조가 어떻게 돼 있어?"

"그냥 넓은 창고형 마트예요. 근데 물건은 하나도 없고 사장님 책상이랑 금고 하나 있는 게 전부예요."

"금고?"

엄마의 눈이 반짝거렸다.

"네 앞에서 열어보던?"

"금고요? 아니요. 그럴 일이 없었는데요. 돈이 들어온 것도 아니고 물건을 내준 것도 없어서. 그냥 뭐랄까…… 거긴 평범한 마트가 아니에요. 사장님은 주문받을 생각도 안 하고 다 돌려보내요. 오늘 접수한 게 라면이랑 복수밖에 없어요."

"복수는 쉽지. 라면이 어려워."

엄마는 사장님이랑 똑같은 얘기를 했다. 엄마가 궁금해하는 건 영업 사정이 아닌 것 같았다.

"금고 얘기 좀 더 해봐."

"그냥…… 커요. 엄청 큰 코끼리만해요. 재질이 뭔지는 모르겠지만 확실히 단단해 보이긴 하던데."

"잠금장치는? 지문 인식이야?"

"아니요. 다이얼. 다이얼 옆에 번호판 있던데."

"클래식하네."

"맞아요. 클래식한 금고. 왜요, 금고털이라도 하게요?"

엄마가 내게 무섭게 눈을 흘겼다.

"어디서 그런 경박한 소리를 지껄여."

엄마의 머리 뒤에서 눈알이 백 개 달린 천사가 불쑥 튀어나올 것만 같았다. 오금이 저려 눈을 피했다.

"물론, 필요한 게 거기 있으면 가져올 수도 있지. 그럴 수도 있다는 것뿐이야. 가능성."

그게 금고털이지 뭐야.

"그게 금고털이가 아니면 뭐냐고 생각하는 거 알고 있다. 하지만 너도 내막을 알고 나면 이해할 거야. 나한테, 아니 우리한테 꼭 필요한 물건이다. 너를 〈킹 프라이스 마트〉에 보낸 것도 모두 그것 때문이고. 아무리 그래도 내가 사도님을 모시는 사람으로서 도둑질처럼 도리에 어긋난 짓을 할 리 있겠니? 그랬다간 사도님은 물론이고 각종 신령님들께 화를 면치 못할 텐데 말이야."

"그게 뭔데요. 꼭 필요한 물건이라는 게."

"그래. 너도 이 정도 이야기는 들을 자격이 있겠지. 그 물건은 바로 베드로의 어구다."

4

초대 교황 시몬 베드로가 어부였다는 사실을 모르는 사람은 없지

"초대 교황 시몬 베드로가 어부였다는 사실을 모르는 사람은 없지. 예수가 베드로에게 '너는 가서 사람 낚는 어부가 되어라' 했다잖아. 자기 스승인 예수가 대사제에게 심문받는 동안 베드로가 그를 세 번이나 모른 척한 이야기도 유명해. 베드로를 비겁하다고 욕할 수 있을까? 칼 든 병사들이 주변에 가득했는데? 결국 예수는 갖은 고초를 겪고서 죽지만 약속한 대로 부활해. 그리고 티베리아스 호수에서 고기를 잡고 있던 베드로 앞에 나타난다. 예수는 오랜만에 만난 제자 베드로에게 같은 질문을 세 번씩이나 해. '요한의 아들 시몬아, 너는 나를 사랑하느냐?' 하고 말이야. 베드로는 대답하지.

주님, 주님께서는 모든 것을 아십니다. 제가 주님을 사랑하는 줄을 주님께서는 알고 계십니다.

예수가 예언한 대로 베드로는 자기 스승을 세 번이나 부정했어. 안 그래도 괴로운 마음이었을 텐데, 스승은 세 번이나 같은 질문을 물어왔지. 베드로는 슬퍼하며 대답해. 말이 슬퍼한 거지, 스승 앞에 무릎 꿇고 엉엉 울었을 거다. 부끄럽고 미안하니까. 정말 죽을 맛이었을 거야. 죽을 맛을 제대로 아는 사람, 자기 스승밖에 없기도 했겠지만 말이야. 나사렛예수라는 양반도 참 집요하지 않니? 베드로가 몸 둘 바를 모를 만큼 죄스러워하는 걸 누구보다 잘 알고 있으면서, 같은 질문을 세 번 해서 기어코 세 번의 대답을 받아내다니. 그러고 보면 의뭉스러운 면도 있지. 온다 간다 언질도 없이 고기 잡는데 쓱 와서 '오른쪽에 던져라' 하고 훈수를 두었다잖아. 예수가 나타나기 전까지 베드로는 고기 한 마리 못 잡고 있었어. 아무래도 뛰어난 어부는 아니었던 것 같아. 하지만 자기 스승의 말대로 그물을 배 오른쪽에 던지니 웬걸, 그물을 끌어올릴 수도 없을 만큼 많은 고기가 들어찼지.

그 숫자가 무려 153마리였다고 해.

그때 베드로가 던진 그물이 바로 베드로의 어구다. 사람 낚는 어부 베드로의 축성받은 필승 아이템. *그걸 가진 사람은 어떤 선거에서든 53퍼센트의 득표율로 승리할 수 있다.* 베드로의 손에 닿은 적도 없는 어부의 반지와는 차원이 다른 거야."

"그게…… 사장님한테 있다는 거예요?"

"아마도, 높은 확률로. 배치 크라우더가 갖고 있지 않다면, 적어도 그는 베드로의 어구를 어디서 어떻게 구할 수 있는지 알고 있을 거다. 153대 교황 빅토르 2세가 베드로의 어구의 행방을 언급한 서신을 팔아넘긴 사람도 바로 배치 크라우더니까."

"그런데, 그게 가능해요? 베드로가 던진 그물이 아직까지 남아 있다는 게? 이천 년 가까이 된 물건이라는 거잖아요. 물에 담갔다 꺼내기까지 했는데, 안 쓰고 가만히 뒀어도 다 삭았겠구만. 그것도 그건데, 그게 가능해요? 그것만 있으면 선거에서 이길 수 있다는 게? 다른 것도 아니고 선거는…… 그런 식으로 컨트롤할 수 있는 게 아니잖아요. 엄마 설마 '부정 선거 조작 투표 규탄 국민 궐기대회' 같은 데 다니는 거 아니죠? 그니까 그게 가능하냐고요. 선거에서 딱 53퍼센트로 이긴다는 게. 그렇게 숫자를 콕 집어서 작용한다는 게 말이 안 되잖아요."

엄마는 아무 말 하지 않고 미소 띤 얼굴로 고개를 끄덕였다.

"그냥 처음부터 끝까지 말 되는 게 하나도 없어요."

나는 이마를 짚으며 고개를 저었다. 엄마가 내게 말했다.

"천구야, 너를 낳을 때 하늘에서 내리던 비가 거꾸로 올라갔단다. 그 사실을 믿을 수 있겠니?"

"앗…… 그런 얘기는 한 번도 해주신 적 없잖아요."

"당연하지. 그건 사실이 아니야. 넌 베드로도 뭣도 아니니까. 어른들이 하는 일을 니가 뭘 안다고 까불어."

한순간 표정을 바꾼 엄마가 정색하며 말했다. 방안의 온도가 갑자기 오 도는 떨어진 것 같았다.

"그러니 네가 할일은 금고를 열어서 거기에 베드로의 어구가 있는지 확인하는 거야. 그게 없으면 적어도 베드로의 어구가 어디 있는지 찾아낼 힌트라도 있겠지. 금고가 아니라 배치 크라우더의 집에 있다면, 집에 몰래 들어가서 가져와. 뱃속에 있으면 배를 갈라서라도 가져오라고. 꺼낸 뒤에 꿰매주는 것 잊지 말고. 그게 내가 너를 〈킹 프라이스 마트〉에 보낸 이유다. 알겠니? 천구야, 이번 한 번이라도 가족에게 도움되는 일을 해라. 엄마의 간곡한 부탁이다."

"제가 그걸 가져오면 엄마는 그걸로 뭘 할 건데요?"

엄마가 의기양양한 표정을 지으며 말했다.

"물어보나마나 답은 뻔한 거 아니냐. 선거에 나가야지. 정치하는 놈들, 정치하려는 놈들, 나한테 찾아와서 받아간 비방만 모아도 이 집 도배 새로 하고 남는다. 그렇게 국회의원부터 장관까지 내가 만든 벼슬아치가 한 트럭인데 암만 봐도 정치하는 꼴이 전부 구멍가게다. 차라리 내가 하는 게 여러모로 속 편하겠어. 베드로의 어구 그것만 있으면 조직도 유세도 필요 없으니 부담이 없다. 이구랑 칠구한테는 말하지 마라. 걔들은 정치하면 안 돼. 내 자식들이지만, 그놈들은 어떠한 종류의 선출직 공무도 맡아선 안 돼. 그리고 놈들은 쌍둥인데 어구는 하나뿐이니 둘 중 하나는 반드시 죽을 거다. 나한테 있는 걸 알면 내가 죽겠지. 정치가 그런 거다 천구야. 비정하고 비참하게 빛나는 거다."

"저는 왜 믿어요?"

"넌 이구도 칠구도 아니니까."

이번만큼은 엄마도 정색하지 않았다. 그 말에는 정말로 따듯함이 있었다. 그리고 이어진 엄마의 말에는 좀처럼 보기 드문 진심도 담겨 있었다.

"나는 이제껏 내가 원하는 걸 한 번도 얻어보지 못했다, 단 한 번도. 모두가 내게서 빼앗아갔지. 하지만 이번엔 달라. 나는 그걸 꼭 얻을 거다."

엄마의 계획은 제법 구체적이었다. 지지부진한 대동령선거 국면에 혜성처럼 등장해서 굵직한 예언 몇 개를 적중시키는 거다. 내일의 날씨나 동부간선도로 정체 전망 같은 것 말이다. 주가지수 등락을 맞히면 좋겠지만 그건 엄마도 힘들다고 했다. 그게 가능하면 내가 굳이 대통령 같은 걸 하려고 하겠니? 라고 엄마는 말했다. 여하튼 베드로의 어구만 있으면 당선은 보장된 거라고 했다.

그렇다고 내가 엄마의 바람대로 사장님의 금고를 열어젖힐 생각을 하고 있진 않았다. 배치 크라우더는 나의 첫 고용주였다. 그가 내게 주는 것은 월급만이 아니었다. 사회로부터 완전히 유리된 것은 아니라는 안정감과 매일 반복되는 일과 속에서 스스로 찾아낸 삶의 규율 같은 것을 나는 소중히 했다.

〈킹 프라이스 마트〉는 개업한 뒤 아직까지 매출이 발생하지 않았다. 사장님이 마트에 오는 거의 모든 사람을 돌려보냈기 때문이다. 사장님은 라면을 가져다놓지 않았고, 나는 복수에 대해 감도 잡지 못했다.

"제가 열심히 찾아봤는데, 방법 자체는 엄청 다양하고 자세하게 나와 있어요. 근데 그건 전부 복수할 대상이 있을 때 이야기예요. 복수할 대상을 모르는데 복수를 어떻게 해요. 그렇다고 불특정한 사람을 대상으로 아무 복수나 할 수는 없잖아요."

"안 되지. 그건 테러야."

사장님은 어느새 나를 진정한 직원으로 인정하고 있었다. 말을 편하게 한다는 게 그 증거였다.

"네. 우리는 테러 의뢰를 받은 게 아니니까요. 그리고 테러리스트한테는 적어도 동기라는 게 있거든요. 우리와는 다르게."

"천구야, 우리라고 하지 마. 이건 네 업무라니까? 나는 라면, 너는 복수."

"그것도 그래요. 왜 라면 안 갖다놔요? 아까도 오는 길에 〈미륵 떡볶이〉 지나는데 할머니 나오실까봐 빠른 걸음으로 왔어요. 이럴 거면 주문은 뭐하러 받은 건데요."

"야, 너 라면 무시하냐? 내가 주문받을 때 분명히 말했지. 생산 공장, 생산 시기, 포장 종류, 내수용 및 수출용 등등 따지면 내가 기우란 할머니한테 가져다줄 수 있는 라면의 경우의 수가 수백 가지야. 고민 없이 장사할 거였으면 동서울터미널에서 껌이나 계속 팔았지."

"그럼 손님들은 왜 계속 돌려보내는 건데요?"

"좋아. 오늘은 손님 거절하는 법을 배워보자."

"사장님, 장사는 제가 사장님한테 배워야 하지만 상식과

예의는 사장님이 저한테 배우셔야 할 것 같아요. 애써 찾아온 고객한테 최소한의 노력도 안 해보고 거절하는 걸 제가 왜 배워야 합니까? 그러고도 사장님이 '프라이스 킹'이라고 할 수 있어요?"

"내가 '프라이스 킹'이지 '억셉트accept 킹'은 아니잖아."

"그건 그렇네요."

"그리고 너 말야, 거절하는 법을 좀 배워야 해. 손님뿐만 아니라 모두에게 말이야. 내가 너보고 오늘 밤 열시까지 가게 지키라고 하면 아마 너는 그렇게 할 거야. 거절 안 할 거지?"

"사장님이 그 말만 안 했으면 그랬을지도요."

"너희 엄마가 너를 이곳에 보낼 때 분명히 뭔가 시킨 게 있을 거야. 그게 뭔지는 몰라도 아직 네가 아무것도 안 하는 거 보면 썩 내키는 일은 아니겠지. 그렇다고 엄마한테 싫다고 말했냐 하면, 그건 또 절대 아닐 거야. 맞지?"

허를 찔려 아무 말도 하지 못했다. 하지만 내 표정이 다 말하고 있었다.

"옛 성현도 말씀하셨지. 호의가 계속되면 그게 권리인 줄 안다고. 거절해야 하는 일을 제대로 거절해내지 못하면 필요한 일을 할 시간이 부족해지는 거다. 지금부터 가게문 닫고 구천구 거절남 만들기 프로젝트나 시작해야겠다."

배치 크라우더는 순식간에 가게 셔터를 내리고는 금고 앞으로 갔다. 등으로 다이얼을 가리고 좌우로 몇 번 돌리더니 비밀번호 네 자리를 눌렀다. 거대한 금고의 문이 끼익 소리를 내며 조금 열렸다. 사람 한 명이 겨우 들어갈 틈이 생겼다. 배치는 몸을 비틀어 금고 안으로 들어가더니, 잠시 뒤에 줄넘기와 케틀 벨, 스트레칭 밴드를 들고 밖으로 나왔다. 금고 안을 구경하고 싶었는데, 배치가 너무 빨리 나와서 근처에도 못 갔다. 배치는 그 짧은 틈에 입고 있던 스리버튼 정장을 운동복으로 갈아입었다.

"천구. 백 미터 몇 초에 뛰어?"

"글쎄요. 그런 거는 워낙 옛날에 해봐서. 빠르지는 않죠."

"줄넘기 끊기지 않고 백 번까지 해보자. 끊기면 하나부터 다시야."

중학교 때 이후로 줄넘기를 해본 적이 없는 것 같았다. 콩콩 뛰며 줄을 돌리자 쉭쉭 소리가 났다. 배치가 내 앞에서 작은 종처럼 생긴 카운터로 숫자를 세주었다. 첫 시도에 이십 개 넘게 끊기지 않고 했는데, 발이 꼬이면서 줄이 엉켰다. 다시 해요? 정말로? 눈으로 말했더니 배치가 고개를 끄덕였다. 몇 번의 시도 끝에 어찌저찌 백 개를 성공했다. 입고 있던 맨투맨 티의 목덜미가 땀에 젖었다. 흡수되지 않은 땀이 등을 타고 흘러내리는 게 느껴졌다.

"이제 케틀 벨이야. 스쿼트는 알지?"

배치는 내게 척주기립근을 정확히 세워 스쿼트하는 자세를 알려줬다. 팔을 내려 버티듯 케틀 벨을 잡고 무릎을 굽혔다. 배치가 하나, 하면 더 깊이 내려갔고 둘, 하면 다시 올라왔다. 허벅지가 터질 것 같았다.

"사장님, 이거 진짜 왜 하는 거예요? 저 지금 벌받는 거예요?"

"벌이라니 무슨 소리야. 말했잖아. 거절하는 법을 배워보자고."

"이게 거절이랑 무슨 상관이 있는데요?"

배치 크라우더는 내 말에 깜짝 놀란 표정을 지었다. 가증스럽게도 고개까지 갸웃거렸다.

"엥? 아무 상관도 없냐?"

"있을 리가 없잖아요."

나는 거의 죽어가는 목소리로 소리쳤다. 배치가 오른쪽 입꼬리를 올려 웃으며 말했다.

"그럼 거절했어야지."

아…… 손님이 찾는 그 복수 내가 먼저 구해다 쓰면 안 될까? 배치는 웃겨 죽겠다는 듯 킥킥대며 섬유 유연제 향이 폴폴 나는 수건을 내 얼굴에 던졌다. 바닥에 대자로 쓰러져 헉

헉대며 눈을 따갑게 만들고 있는 땀을 닦아냈다. 그러게, 왜 나는 도무지 거절이란 걸 하지 못하는 걸까?

"친구야, 내가 재밌는 얘기 해줄까?"

"거절할게요."

"거절 못해. 아직 업무 시간이잖아. 업무의 일환이라고 생각하고 들어. 게다가 난 거절의 달인이잖냐? 너의 거절 정도는 가볍게 거절할 수 있다고. 저 금고에 얽힌 이야기야."

금고에 관해서라면, 정말이지 거절할 수 없었다. 나는 귀를 쫑긋 세웠다.

"내가 아는 도둑 중에 최고의 2인조가 있었어. 둘은 어린 시절부터 한동네에서 나고 자란 친구 사이였지. 두 사람 다 처음부터 도둑인 건 아니었다. 날 때부터 도둑인 사람은 없으니까. 한 명은 전기공이었고 다른 한 명은 선반 기술자였어. 대단한 물건이 숨겨져 있는 대단한 금고가 있다는 이야기를 듣고 두 사람이 뭉친 거야. 대단찮은 금고부터 그들의 목표보다 조금 덜 대단한 금고까지 모의실험도 했어. 만에 하나 도주할 일이 생길 경우를 대비해 체력 훈련도 했지. 대단한 금고는 명성만큼이나 보안성이 높고 견고했다. 하지만 몇 주간 치밀한 계획을 세운 2인조 앞에선 문을 열어젖히지 않고 배길 수 없었어. 그렇게 두 사람은 금고 안으로 들어갔다. 그 금고의 문은 거의 코끼리만했고, 깊이는 가늠할 수조차 없이 깊었지. 발을 디딘 순간 두 사람은 자신들이 연 게 어쩌면 다른 세계로 통하는 문일지도 모른다는 생각을 했다. 첫발을 내디딘 건 전기공 친구였어. 겁이 많은 선반 기술자 친구는 쉽게 발걸음을 떼지 못했지. 금고의 어둠 속으로 사라진 전기공이 선반 기술자를 부르는 목소리가 동굴 깊은 곳에서 새어나오는 물소리처럼 아련하게 울려퍼졌어. 전기공에게 뭔가 안 좋은 일이 생길 것만 같다는 생각에 겁 많은 친구도 용기를 냈어. 오로지 손전등 하나에 의지해서 사방이 쇠로 막힌 길을 걷기 시작한 거지. 먼저 들어간 친구는 더이상 자신을 부르지 않았고, 너무 조용한 금고 안에서 들리는 소리라고는 자기 자신의 맥박 소리뿐이었어. 어느 순간 그가 느낀 건 죽음의 공포였다. 자신이 걷고 있는 길이 죽음에 이르는 길일 뿐만 아니라 그 공간이 죽음 그 자체라는 걸 깨달은 거야. 완전한 적막. 밖에선 사이렌소리가 들리고, 혼자 남은 친구는 등을 돌려 문이라고 생각하는 방향을 향해 뛰기 시작했다. 넘어지고 구를 때마다 기묘한 종소리 같은 것이 울려퍼졌지. 쇠에 뼈가 부딪혀 울리는 소리였어. 마침내 희미한 빛이 보였고, 그를 기다리던 건 당연히 경찰이었어. 그는 검거됐다는 사실에 절망하기보다 사람을 만났다는 사실에 오히려 안도했다. 그리고 경찰에게 말하려 했어. 함께 들어간 친구를 구해달라고. 하지만 돌아서서 금고를 가리킨 그는 순간 할말을 잃고 말았다. 자신이 들어간 커다란 문의 금고는 깊이가 겨우 이 미터에 지나지 않았던 거야. 경찰들이 플래시를 비추었지만 금고는 텅 비어 있었어. 대단한 물건도, 친구도 없었지. 그는 경찰서에 끌려가서도 계속 말했어. 금고에 함께 들어간 친구가 있다고. 하지만 그걸 증명할 시시티브이는 없었고, 감식된 족적도 하나뿐이었어. 그는 미친 사람 취급당했어. 죄를 감경받으려는 수작으로 보는 형사도 있었지. 하지만 그는 미치지 않았다. 그는 알고 있었어. 존재하던 사람을 완전히 사라지게 할 수 있는 건 신뿐이라는 걸 말이야. 신은 때로 그런 일을 하기도 한단다, 친구야."

배치 크라우더의 긴 이야기는 나의 이름을 부르는 것으로 끝났다. 어쩐지 협박당하는 기분이 들었다.

"뭐가 재밌어요. 으스스하구만."

"은근히 겁이 많구나. 재밌는 이야기는 따로 있어. 그 금고가 어디로 갔는지 알아?"

"그 금고가 저 금고다, 뭐 그런 거예요?"

"아니. 그런 불길한 금고를 내 가게에 두고 싶을 리 없잖아."

"그럼요? 어디로 갔어요?"

"완전히 사라졌어. 그 안에 들어간 전기공처럼."

"신이?"

"그럴지도. 아니면 금고 스스로가 그랬을지도 모르지. 블랙홀은 자신의 질량까지 빨아들인다고 하잖아."

"재미없는데."

"저 금고, 우리 가게에 있는 저게 그것의 상위 모델이다. 어렵게 구했지."

"와우, 가까이 가기 싫어지네요."

"가끔 내가 저기 갇히면 어떻게 될까 생각해본다. 금고는 창고가 아니니까 당연히 안에서는 열 수 없거든. 그런데 저 금고의 비밀번호를 아는 사람은 나뿐이야. 최고의 금고답게 완벽한 보안성을 자랑하지. 크기로 치면 웬만한 원룸 못지않지만, 동작 감지기가 침입을 감지하는 즉시 진공 발생기가 가동된다. 그렇게 되면 저 안에서 생존할 수 있는 시간은 고작해야 칠 분 정도다. 어떤 기술자도 칠 분 안에 저 금고를 열 수는 없다."

"일단 저한테 전화를 걸어요, 사장님. 그리고 비밀번호를 알려주시면 제가 열게요."

"전파, 음파, 진동 모두 완벽히 차단돼. 전화는 당연히 안

터지고, 저기서 아무리 크게 비밀번호를 외쳐도 밖에선 들리지 않아. 열쇠 없이 문을 열 수 있는 존재는 대단한 도둑이거나 이 세상과는 다른 차원의 존재여야 할 거다. 하지만 나는 한낱 장사꾼에 불과한걸. 그러니까 내가 살기 위해서는 나 말고도 금고를 열 수 있는 사람이 있어야 된다는 거야."

"그게 저예요?"

나는 약간 기대를 갖고 물었다.

"글쎄, 너는 억여사의 아들인데 내가 너를 믿을 수 있을까?"

그러게. 사장님이 나를 믿을 수 있을까? 나를 믿는 게 사장님에게 좋은 일일까? 엄마가 내게 비밀번호를 내놓으라고 닦달하면 나는 거절할 수 있을까? *잘 모르겠다.* 그때 누군가 다급하게 셔터를 두드리며 배치 크라우더를 찾았다. 오늘 영업 끝났어요! 목소리를 높였지만 상관하지 않는다는 듯 계속 두드렸다.

"열어봐라. 급한 손님인가본데."

배치 크라우더가 금고를 다시 열고 들어가더니 좀전의 스리버튼 정장을 입고 나왔다.

"어차피 거절할 거 아니에요?"

"모르지. 받아봐야 아는 거다. 투수의 공이든 손님이든 마찬가지야."

문을 열자 말쑥한 차림의 남자가 서 있었다. 나이는 오십이 조금 넘었을까. 피부는 잘 관리되어 있었지만 염색한 지는 좀 된 듯 뿌리 쪽에 돋은 흰머리가 가르마 틈으로 보였다. 남자는 마트 안을 흘끔 보더니 넥타이를 고쳐 매고 정중하게 물어왔다.

"사장님 계십니까?"

"환영합니다. 〈킹 프라이스 마트〉입니다."

교육받은 것도 없지만 내 나름대로 최선을 다해 고객을 맞이했다. 남자는 성큼성큼 걸어가 책상 앞 고객 전용 의자에 앉았다. 마치 전에도 그래본 적 있다는 듯 거침이 없었다.

"필요한 게 있어서 왔습니다."

"그러시겠죠. 아무것도 구하지 않는 사람은 저를 찾지 않습니다."

"불행이 필요합니다."

"얼마든지요. 얼마든지 구해다드릴게요."

"단, 견딜 수 있을 만큼의 불행이 필요해요. 저는 괴로워서 죽고 싶은 사람이 아닙니다. 삶이 너무 무료한 사람일 뿐입니다. 즐거운 일에는 면역이 된 것 같습니다. 즐거운 일을 상상하면 아무 감정도 들지 않아요. 하지만 불행은 다르더군요.

지독하게 무료한 저에게도 견딜 만한 불행은 꽤 의미 있는 자극이 될 것 같습니다."

"그러지요. 견딜 수 있을 만큼의 불행. 접수했습니다."

"감사합니다."

"네, 감사합니다. 살펴 가십시오."

배치 크라우더의 인사를 받은 남자가 의아하다는 듯 주위를 두리번거렸다.

"이게 다입니까?"

"네, 주문이 완료되었습니다. 십오 일 이내에 주문 취소가 가능하신 부분인데 그러실 것 같지 않군요. 책임지고 댁까지 배송해드리겠습니다."

"제 이름도 말 안 했는데요? 주소도요. 저는 지금 돈도 안 냈구요."

"걱정 마세요. 배치 크라우더에게는 그런 게 필요하지 않습니다. 결제는 후불이고요. 신뢰로 쌓은 이름, 품질로 보답하겠습니다."

남자는 쭈뼛거리며 자리에서 일어서더니 나를 한 번 쳐다봤다. 영문을 모르겠는 건 나 역시 마찬가지였지만 뭔가를 안다는 듯 고개를 끄덕였다. 남자는 배치 크라우더 쪽을 향해 고개를 까딱하고 마트를 빠져나갔다.

"사장님, 웬일로 주문을 받으셨어요? 인적사항도 모르는데 배송은 어떻게 해요?"

책상에서 일어난 배치 크라우더가 나른하게 기지개를 켜며 대답했다.

"어, 괜찮아. 단골이다. 나한테서 '망각'을 사간 사람이거든."

5

마트를 찾는 사람은 늘 있었다

물건을 팔지 않는다고 소문이 났는데도 마트를 찾는 사람은 늘 있었다. 그 유명한 배치 크라우더를 구경하러 오거나, 거절 자체를 값어치 있는 체험으로 여기는 손님들이 주로 왔다. 사장님이 시킨 대로 거절하는 법을 연습한 덕분에 대체로 내 선에서 정리할 수 있었다.

아무리 그래도 기우란 할머니의 라면 주문만큼은 제대로 처리하고 싶었다. 내가 그냥 쿠팡에서 로켓 배송 받아서 갖다 드리겠다고 했더니 배치는 펄쩍 뛰며 화까지 냈다. 장사하는 사람의 기본 도리에서 벗어난 행동이라고 했다. 주문받은 물건을 제때 배달하는 게 도리에 맞는 거 아닌가?

옥신각신하고 있는데 셔터 두드리는 소리가 났다. 그러고 보니 직원 출입구로 들어와서는 출근 도장만 찍었다. 셔터를 올려놓는 걸 깜빡했던 거다.

"먹을 게 좀 있을까 해서 왔습니다."

문 앞에 서 있는 건 코끼리 아저씨였다. 몰라보게 수척해진 얼굴에 언제 빨았는지 모를 거적때기 같은 옷을 걸친 모습이었다. 어째선지 표정만큼은 처음 봤을 때보다 온화해 보였다.

"아저씨! 요즘 어떻게 지내세요?"

"보시다시피 이곳저곳 다니며 빌어먹고 있습니다. 로터리 가운데에 수레를 세워놓고 거기서 지내요. 작은 수레지만 불편한 거 없고 오히려 안락합니다. 가끔 이렇게 바가지 하나 들고 먹을 것을 구하러 다니니, 주리면 주린 대로 보내고 운이 좋은 날은 풍족합니다."

배치가 고개를 쭉 빼며 내 쪽을 향해 외쳤다.

"천구야, 모셔라. 귀한 분이 오셨구나."

코끼리 아저씨가 손에 들고 있던 바가지를 옆구리에 끼고 합장했다.

"이름 높은 박치국 사장님을 뵙는군요."

우리 셋은 배치의 책상을 사이에 두고 앉았다. 마주앉아 본 아저씨의 눈에 전에 없던 청명한 빛 같은 것이 스쳤다. 배치가 도시락으로 싸온 샌드위치를 내오고, 나도 점심에 먹으려고 가져온 생당근 하나를 내줬다. 아저씨는 여래 같은 미소로 당근을 물리고 샌드위치만 가져갔다. 우리를 향해 인사한 후 한입씩 천천히 먹는 모습이 명상 같았다.

"탁발승이 되셨군요."

배치가 감탄하며 말했다.

"좋은 코끼리의 멋진 공연이었는데, 참 아쉽게 됐습니다. 명복을 빕니다."

"나와 코끼리의 인연이 거기까지였던 거죠. 오래 로터리를 돌고 있으니 향하는 곳도 모를 미움을 많이 내려놓게 됐습니다. 배곯아 구걸이나 하는 거지 출가도 안 한 제가 어찌 탁발승이겠습니까. 불법을 알지도 못하고 그냥 동네 거지입니다, 거지."

완전히 다른 사람이 되어버린 아저씨를 보니 우리가 처음 만났던 순간이 생각났다. 코끼리가 큼지막한 똥을 많이 싸던 날이었다.

"아저씨, 뭐를 좀 깨달으신 분 같아서 여쭤보는 건데, 복수를 구하려면 어떻게 해야 할까요? 싸구려가 아니어야 하고, 복수할 대상이 없어요."

"그것참 어려운 일이네요. 심오하기도 하고요."

내 질문에 아저씨는 샌드위치 씹던 것을 멈추고 천천히 말했다.

"아무것도 바라지 않는 복수여야 하겠어요. 타인의 고통도 바라지 않고, 자신의 도취도 버릴 수 있어야죠."

"그런 건 어디에 있어요?"

"그건 필요한 게 있으면 뭐든 구해내는 댁의 사장님께 여쭤봐야죠. 하지만 저도 곰곰이 생각해볼게요. 언젠가 이 샌드위치값으로 답을 건네줄 수 있으면 좋겠군요."

아저씨가 반 남은 샌드위치를 손에 쥔 채 합장하자 배치가 고개 숙여 마주 합장했다. 아저씨는 로터리에서 지내는 생활이 나쁘지 않은 이유를 여러 가지 말해줬다. 배치는 아저씨의 이야기 중간에 끼어들어 우리 동네에 있는 것이 도로교통법상 회전 교차로에 속하며 로터리와는 다른 것이라고 정정해줬다. 회전 교차로는 회전 차량에 통행 우선권이 있는데 로터리는 진입 차량이 우선인 점이 가장 큰 차이라고 했다. 하여튼 아저씨가 코끼리를 여의고서 절망하지 않고 잘 지내는 것 같아 다행이었다. 살 물건이 없어도 종종 들러 식사하고 가시라고 말했다. 어차피 팔 물건이 없기도 하니까.

그때 문틈으로 작은 물체가 폴짝거리며 들어오는 게 보였다. 아기 토끼만해서 토끼인 줄 알았는데, 주인을 잃은 듯한 뒤꿈치였다. 뒤꿈치가 지그재그로 텅 빈 마트를 건너오더니 코끼리 아저씨 앞에서 재롱부리듯 몸을 떨었다.

"아는 뒤꿈치예요?"

내가 물었다.

"알게 된 뒤꿈치죠. 로터리에 있는데 자꾸만 저를 따라오더라고요. 무슨 사연으로 몸에서 떨어져나와 홀로 지내게 됐는지 모르겠습니다. 소중한 걸 잃은 게 꼭 제 처지 같아서 눈에 밟히네요."

"가만있어보자. 저 녀석에게 딱 맞는 좋은 게 있을 텐데."

배치가 앉은 자리에서 영차 하고 일어나더니 금고를 열고 들어갔다. 잠시 후 그는 손에 양말 한 켤레를 들고나왔다. 내가 양말을 받아서 태그를 떼어내고, 한 짝을 활짝 벌렸다. 뒤꿈치가 꼼지락대며 양말 속으로 들어가더니 주름진 피부를 밖으로 내밀었다. 마음에 드는 모양이었다. 그러고는 올 때보다 빠르게 문밖으로 총총 달아나버렸다. 그사이 배치의 샌드위치를 모두 해치운 코끼리 아저씨가 입 주변을 털며 말했다.

"참 좋은 일을 많이 하십니다. 항아리에 한 바가지 물을 붓는 게 업장을 녹이는 첫걸음입니다."

"소용이 있을까요. 제 항아리는 밑동에 구멍이 난 지 오래라."

배치의 대답에 아저씨는 멋쩍게 웃으며 고개를 돌렸다. 그

나이쯤 되면 세월에 걸쳐 쌓아온 업에 대해 말하지 않아도 통하는 바가 있을 것이다.

아저씨가 돌아가고 문득 생각난 게 있어 배치에게 물었다.

"불행! 견딜 만한 불행을 구하던 단골은 어떻게 됐어요?"

"어, 그건 그냥 놔두면 된다. 내가 준 망각에는 사용 기한이 있거든."

결국, 아직까지도 매출은 0인 거다.

6

내 목표는 집에서 아무도 마주치지 않는 것

한동안 내 목표는 집에서 아무도 마주치지 않는 것이었다. 엄마를 피하는 건 쉬웠다. 새벽에 일어나 기도를 드리고 저녁에 일찍 자는 규칙적인 생활을 하는 분이니까, 기도하는 동안 출근해서 밤늦게 퇴근하면 어느 정도 회피가 가능했다.

엄마를 마주치면 금고를 비롯한 마트 전반의 보안 상태에 관해 집요하게 물어올 것이고, 어깨너머로 비밀번호를 슬쩍 훔쳐보지 않았는지 기대할 것이며, 여차하면 나를 금고 안으로 들여보내 원하는 걸 가져오게 할 것이다. 물론 나는 갑작스러운 조우에 대비해 대답을 생각해놓았다. 어려서부터 숙제의 답을 잘 맞히지는 못해도 숙제를 거르지는 않는

타입이었으니까.

일단 금고는, 금고는요, 오함마 갖다가 아무리 두드려도 열릴 만한 두께가 아니에요. 비밀번호는 당연히 알 수가 없죠. 사장님이 얼마나 철저한 사람인데요. 안에는 뭐가 있더라, 한두 번 내 앞에서 연 적이 있긴 한데 엿볼 틈도 없이 닫아버려요. 뭐가 있긴 있는 거 같은데 저야 모르죠.

이 정도면 거짓말은 하나도 없다.

도둑들 이야기는 하지 않을 거다. 고의적 누락이란 건 거짓말과는 다른 거다.

문제는 이구와 칠구였다. 워낙에 루틴 없이 아무렇게나 움직이는 인간들이라 어디서 마주칠지 가늠하기 힘들었다. 재수없으면 로터리, 아니 회전 교차로라고 했지, 거길 지나가다 뒤에서 기분 나쁘게 어깨동무를 해올 수도 있었다. 엄마의 기도방 앞을 살금살금 지나가다 밤새 술 먹고 들어오는 이구와 칠구에게 딱 걸릴 수도 있고. 걔들은 딱히 금고 때문이 아니라 그냥 마주치기 싫은 새끼들이라서 피하는 거다. 누구에게나 그런 새끼들 두 명쯤은 있잖아?

그러다 결국에 쌍둥이를 마주친 곳은 뜻밖의 장소였다. 대상 없는 복수에 대해 고민하다가 책이라도 찾아보려고 간 도서관에서였다. 후문 옆 흡연 구역에서 백팩을 메고 안경을 쓴 낯선 모습의 쌍둥이를 마주친 거다.

"여어! 천구야!"

손을 흔들며 나를 부르는 게 이구인지 칠구인지 구별이 안 됐다. 평소에도 헷갈리는데 저렇게 안 어울리는 모습을 하고 있으니 더 그랬다. 도서관에 돈 될 만한 게 있나? 공부하러 온 학생들 스마트폰이라도 슬쩍하려는 건가.

"야, 쌩깔 생각 하지 말고 일루 와."

아, 조금 더 까칠한 쪽이 칠구였다.

"여기서 뭐해?"

내가 물었다.

"뭐하긴, 담배 피우지."

"아, 응. 담배 피우고 뭐하게?"

"뭐하긴 뭐해, 도서관에 왔으면 책 펴고 공부해야지. 너 질문이 좀 이상하다? 우리는 도서관 이런 데는 얼씬도 안 하는 놈들 같냐? 사람들 가방이라도 털러 온 거 같아?"

역시, 칠구는 예리하다. 늘 그랬다.

"왜 애를 괴롭히고 그래. 천구 너 잘 만났다. 우리 공부 좀 가르쳐주라. 그래도 공부는 우리보다 네가 낫잖아."

이구의 말투가 전에 없이 부드러웠다.

"아니야. 형들도 머리 좋잖아. 수업에 안 들어간 것뿐이지."

"이 좋은 머리로 진작에 공부나 할 걸 그랬다. 그랬으면 엄마가 너 말고 우리 취직시켜줬을지도 모르지. 우리 천구, 가족 일에는 신경도 안 쓰는 줄 알았는데 안 보이는 데서 엄마한테 충성 맹세라도 했나보다? 나도 정규직 할 줄 아는데 말이야."

아차차, 좋은 말로 끝날 리가 없지. 안경을 써서 그런지 이구 이 새끼도 제법 사람 비꼴 줄 아네. 그래도 잘 대해줘야지. 후미진 데라 두들겨맞기 딱 좋은 곳이었다.

"그러게 말이야. 형들이 더 잘했을 텐데. 나도 사장님한테 말씀드려볼게. 나 혼자 일하는 것보다 우리 셋이 같이 일하면 어려운 일도 척척 해낼 수 있겠다. 근데 무슨 공부 하러 왔어? 나도 아는 건 별로 없지만 최선을 다해서 도와줘볼게."

"시험 치려고."

칠구가 짧아진 담배를 바닥에 던지고는 말했다.

"무슨 시험?"

"검정고시. 내가 볼 땐 학력이 문제야. 엄마가 우리 공부 안 했다고 개무시하는 거라고."

"아, 잘 생각했네. 문제집은 샀어?"

"아니. 도서관에 있는 거 아니야?"

"글쎄, 도서관에 문제집은 없어도 참고서는 있겠다. 같이 올라가보자."

"어렵냐? 박사 검정고시?"

응?

"응?"

"검정고시로 박사 따기 어렵냐고. 고등학교 검정고시는 금방 할 거 같은데. 우리는 나이도 있고 하니까 대학교는 건너뛰려고. 대학원 검정고시는 아무래도 어렵겠지? 너 대학원 가봤어? 나보다 학교 오래 다녔잖아."

"아……"

"무슨 박사 따야 되냐? 그것부터 정하자. 이구야, 넌 뭐가 좋냐. 난 이과 할 테니까 니가 문과 해."

"와, 이 새끼 완전 양아치네. 형이라고 좋은 건 맨날 지가 할라 그래."

"형, 대학원 검정고시는 없어. 박사는 검정고시 쳐서 딸 수가 없어."

"왜?"

"왜가 아니라 그거는 원래 없어. 여기서 울릉도까지 가는 지하철 없잖아. 그거랑 똑같은 거야. 그냥 없어."

이구가 다짜고짜 내 멱살을 잡았다. 땅에서 몸이 십 센티미터 정도 올라갔다.

"야."

"으응."

"씹쌔끼야."

"어. 형."

"왜 말 안 해줬냐."

"……"

"왜 말 안 해줬냐고 씨발놈아."

그렇지 않아도 공중에 있던 몸이 한번 더 붕 뜨더니 바닥에 내동댕이쳐졌다. 이구와 칠구는 호흡 좋게 번갈아가며 끊김 없는 발길질을 선사했다. 나는 몸을 웅크려 머리를 보호한 채 딴생각을 했다. 저녁에 뭐 먹지. 밥 먹고 들어가야겠다. 역시 우리 형들이야. 상처 안 보이게 얼굴은 피해서 때리네. 이게 가족이구나. 이 정도는 익숙하지. 밥 먹으면서도 맞을 수 있어. 그러게 왜 내가 말을 안 해줬을까. 좀 물어보지. 물어보면 말해줬을 텐데. 미안하다. 내가 미안하네. 실컷 때렸다는 생각이 들었는지 나를 향해 날아오던 발길질이 잦아들었다.

"잘난 척하지 마. 너희 가게도 사장도 다 날려버릴 거니까."

마지막 말을 한 게 이구였는지 칠구였는지 모르겠다. 둘은 그렇게 쓰러져 있는 나를 두고 흡연 구역을 떠났다. 몸 여기저기가 욱신거리는 느낌이 나쁘지 않았다. 아주 강한 마사지를 받아도 비슷한 종류의 통증이 있을 것 같았다. 이 정도면 괜찮다.

이구와 칠구는 처음 만난 순간부터 내게 악몽과 같았다. 실내화 주머니를 들고 학교에서 돌아온 어느 날, 교복 차림의 두 사람이 거실에서 티브이를 보고 있었다. 그때 둘은 중학생이었다. 교복을 입지 않았다면 반차를 내고 온 직장인이라고 해도 이상하지 않을 노숙한 얼굴이었다. 나는 왠지 압도당해서 안녕하세요, 하고 고개 숙여 인사를 했다. 칠구는 코웃음을 치며 내게 첫인사를 건넸다.

"너 나 알아?"

둘은 다니던 학교에서 사고를 쳐서 강제 전학을 가야 했는데, 받아주는 학교가 없어서 일단 쉬고 있었다. 의무교육인데 그게 가능해? 가능했다. 두 사람의 악명은 지역에 두루 퍼져 있었고 쌍둥이의 전학을 반대하는 학부모들이 시위라도 벌일 태세였다. 나에게 씨 다른 형제가 있다는 건 어렴풋이 알고 있었지만 그동안은 어디 수녀원 같은 데서 지낸다고만 들었다. 수녀님들의 돈을 훔쳐 중고로 산 오토바이를 타고 다니다가 음주 사고를 냈고, 그길로 거기서도 쫓겨난 지 꽤 됐다는 걸 그때야 알았다.

형들과 같은 방에서 밤을 맞은 첫날은 눈을 감고 밤새도록 자는 척했다. 둘은 몇 번이나 이불을 걷어차며 일어났다. 나갔다 들어올 때마다 담배 냄새를 풍겼다. 하지만 형들과 같이 지내는 생활은 그리 오래가지 않았다. 둘이서 인형 뽑기 기계를 털고 다니다가 소년원에 갔기 때문이다. 둘은 훔친 오토바이를 타고 인형 뽑기방에 다니며 유니콘 인형을 모았다. 돈을 내고 뽑았으면 감옥에 가지 않았을 텐데, 무언가를 갖기 위해서는 정당한 노력을 해야 한다는 개념이 없는 새끼들이었다. 인형만 훔쳤으면 일이 커지지는 않았을 것이다. 두 사람은 도망가다가 오토바이로 경찰을 쳤다. 다른 경찰과는 주먹다짐까지 했다. 걔들이 소년원에 가 있는 동안은 휴가를 얻은 것만 같았다.

지금도 이구와 칠구의 방에는 그때 모은 유니콘 인형이 하나 남아 있다. 한창 왕성하게 활동할 때는 인형이 백 개 정도 되었다. 대부분은 증거품으로 뺏기고, 업주에게 돌려주고, 버리고 했는데 딱 하나 내게 선심 쓰듯 준 것만 남았다. 걔들이 왜 유니콘에 집착했는지 모르겠다. 세상에 존재하지도 않는 걸 뭐하러. 뿔이 난 걸로 치면 사슴이 더 멋있는데. 뿔이 두 개라 마음에 안 들었나? 나는 걔들이 자신들이 쌍둥이인 걸 좋아하는지 싫어하는지 궁금할 때가 있다. 둘이 있어서 나쁜 짓을 할 때 두 배로 나쁠 수 있는 건 장점인데, 성취감까지 둘로 나눠야 하니까 그건 단점일 거다. 그래서 나를 그렇게 괴롭히나? 혼자인 게 부러워서? 뿔이 하나인 게 좋으면 코뿔소도 있잖아. 코뿔소도 얼마나 멋있는데. 세상에 없는 걸 원하고 매달렸으니 결과가 안 좋은 거다. 대가리 나쁜 새끼들이라 어쩔 수 없다. 걔들은 소년원에서 나와 집으로 돌아오자마자 내게 준 그 인형부터 빼앗아갔다. 그 정도는 괜찮았다. 나는 인형이 없어도 밤에 잠드는 데 무리 없거든. 둘은 밤마다 인형을 놓고 쌈박질을 해댔다.

집에는 가고 싶지 않아서 마트로 향했다. 평소 같으면 기우란 할머니네 가게에 들러 오뎅 국물이라도 한 사발 시원하게 들이켤 텐데, 그럴 수도 없었다. 신라면 다섯 박스를 가져다 드리지 못했으니까…… 왜? 대체 왜? 갑자기 배치에게 화가 났고 가서 따져야겠다는 결심이 섰다. 이 동네에서 내 친구는 할머니 한 명뿐인데 도대체 왜 그러는 거예요? 라면 다섯 박스 갖고 오는 일이 장사꾼한테 뭐 그렇게 힘든 일인 거예요? 다들 왜 나를 못 잡아먹어서 안달인 거예요? 마음속으로 미리 할말을 준비했다. 그러지 않으면 제대로 화내지 못할 테니까.

〈킹 프라이스 마트〉의 문을 뻥 차고 들어갔다. 배치는 책상 옆에서 반신욕을 하고 있었다. 이마에 목욕 수건을 두른 배치의 눈이 동그래졌다. 나무로 짠 1인용 반신 욕조의 편백나무 향이 퍼지며 코로 들어왔다. 그 냄새가 뭐를 건드린 건지, 왈칵 눈물이 났다.

"천구야!"

나는 아무 말도 못하고 입술을 깨물었다. *씨발.* 내가 뭘 잘못했는데.

"너 왜 그래? 옷은 또 왜 그렇게 더러워?"

"……"

"맞았냐?"

"……"

나는 대답 대신 고개를 쳐들었다. 아래로 곧게 흘러내리던 눈물 줄기가 비스듬하게 떨어졌다.

"감히 내 직원한테 손을 대? 어딨어 그 자식. 앞장서."

벌떡 일어선 배치는 다행히 수영복 하의를 입고 있었다. 물에서 갓 나온 풍성한 가슴털이 저들끼리 뭉쳐 굵고 진해 보였다. 배치는 물을 뚝뚝 흘리며 욕조 밖으로 나오더니 의자에 걸쳐져 있던 샤워 가운을 입고 허리끈을 대충 묶었다. 그런 다음 뭔가를 퍼뜩 생각해낸 듯 금고를 열고 들어갔다. 이런 반응을 기대한 건 아니었는데. 기대하진 않았지만 나쁘지 않았다. 누군가가 내 편이 되어주는 기분이.

금고에서 나온 배치의 손에는 야구 배트가 들려 있었다.

"배리 본즈가 통산 666번째 홈런을 때린 방망이다. 이걸 구하느라 집 몇 채는 날렸지. 이베이에서 경쟁이 붙었는데 상대 쪽은 이걸 사서 없애버릴 거라고 했어. 재수없는 숫자라고. 이걸 부수고 태워서 그 재를 오라클 파크의 그라운드에 뿌리겠다고 공언했지. 배리 본즈의 약물 스캔들에 대한 대속 차원에서 말이야. 배리가 들었다면 어깨를 으쓱했을 거야. 니가 왜? 하면서 말야. 저쪽에서는 모금을 시작했어. 멤피스의 한 선교 단체에서 엄청나게 돈을 쏟아붓더라고. 걔들은 야구 같은 거에는 관심이 없었다. 그냥 666이란 숫자가 마음에 안 들었던 거지. 친구야, 장사는 전쟁이다. 나는 그런 싸움을 거쳐왔어. 올 오어 나씽. 위너 테익스 올. 패자는 아무도 기억해주지 않아. 그런데 나는 말이다, 이기기 위해 이 배트를 산 게 아니다. 팔아먹으려고 산 거지."

배치는 손에 든 배트를 앞으로 뻗어 나를 가리키며 말을 이었다.

"하지만 오늘 이 배트는 부서질 거다. 산산조각날 거라고. 날 그 자식에게 안내해."

"자식이 아니에요. 자식들이에요."

배치는 약간 움찔하는 기색을 보였지만, 이내 이빨을 꽉 깨물며 말했다.

"얼마든지. 너도 같이 갈 거잖아."

"우리 엄마 자식들이에요. 쌍둥이 형들요. 괜찮아요 사장님. 제 문제니까 제가 해결할게요."

"어떻게 할 건데?"

"괜히 형들 성질 돋우지 않게 쥐죽은듯이 조심하고 지낼게요. 그러면 돼요."

"정말? 그러면 돼?"

"네. 하루이틀 일도 아닌데요, 뭘."

"왜 그렇게 적극적이야?"

"이게 적극적인 걸로 보여요? 완전히 반대 아닌가."

"그러니까. 반대의 측면에서 너무 적극적이다. 왜 그렇게 적극적으로 순응해? 왜 그렇게까지 모든 상황을 수동적으로 받아들이는데? 한번 들이받을 생각도 안 하고 평생 그렇게 산 거야? 내가 볼 땐 학습된 무력감이야. 그러다가 걔들이 너보고 죽으라 그러면 할 수 없지, 그럴래? 넌 지금 딱 그럴 것 같은 얼굴인데. 걔들은 포식자라고. 니가 먹잇감처럼 굴면 굴수록 입맛을 다시며 달려들 거야. 평생 그렇게 끌려다닐래?"

듣고 보니 맞는 말이었다. 형들 앞에서 왜 그렇게 바짝 조는지 물어보면 달리 대답할 말이 없었다. 그냥 그래왔다. 처음부터 그랬다. 내가 그런 종류의 사람이었고, 형들은 그런 종류의 인간들이었다. 학습된 무력감. 그 말이 맞는 것 같았다. 가르쳐준 사람도 없는데 혼자 배웠나보다. 한 번쯤 배워보고 싶은 게 많았는데. 스페인어라든지 기타라든지. 그런데 기껏 독학한 게 무력감이라니.

"사장님, 정말 저랑 같이 가주실 거예요?"

"그래. 너는 내 직원이잖아. 그건 너랑 내가 동료라는 거야. 그리고 나는 우리가 동료를 넘어서 동지가 되기를 원한다. 언젠가 너 역시 나를 위해 싸워주기를 바라. 그래야 〈킹 프라이스 마트〉는 세계 일류로 도약할 수 있다. 라면? 원한도 대상도 없는…… 복수? 그럭저럭 견딜 만한…… 불행? 너와 내가 함께라면 얼마든지 당일 배송할 수 있어."

나를 위해서는 아니구나. 〈킹 프라이스 마트〉를 위해. 그래, 그것도 괜찮은 목표다.

"천구야, 가자. 앞장서라."

배치가 또다른 나무 배트를 건넸다.

"그건 그냥 싸구려 배트다. 만오천원짜리지만, 오늘 네가 휘두르면 십억짜리가 되는 거다."

샤워 가운을 걸친 배치의 불룩한 뱃살이 믿음직스러웠다.

싸우는 거다. 내 평생 처음으로.

문을 열자 붉게 희미해져가는 햇빛이 얼굴을 때렸다. 눈을 찡그렸다 크게 뜨니, 사람들이 앞에 있었다. 관객인가? 일떠난 내 모습을 보러 온 구경꾼들인가? 세단, 봉고, 지프차. 차종도 다양하고 사람도 많았다. 모두 검은색 차였고, 모두 선글라스를 끼고 있었다. 척 봐도 대장으로 보이는 여자가 저벅저벅 걸어오더니, 배치의 얼굴 앞에 신분증을 들이밀었다.

"박치국 사장님? 위원회에서 왔습니다."

"위원회요? 무슨 위원회?"

내 질문에 여자는 턱짓으로 사장님을 가리켰다.

"이분이 아실 거예요."

배치가 헐렁해진 샤워 가운을 여몄다.

"잠시 들어가보겠습니다. 안에서 말씀 나누시죠."

여자의 말투는 부탁이나 제안이라기보다는 명령에 가까웠다. 그런 명령을 할 수 있는 나름의 이유가 있다고 느껴졌다. 그만큼 당당하고 권위가 있었다. 자기 것이 아닌 듯한.

"빌어먹을 선거철이라 이건가? 그렇지 않아도 왜 안 오나 하고 있었네."

선거라는 말에 귀가 번쩍 뜨였다.

7

일군의 손님들은 물건에는 관심이 없어 보였다

〈킹 프라이스 마트〉를 찾은 일군의 손님들은 물건에는 관심이 없어 보였다. 마트 안에 들어온 사람도 배치에게 말을 건 여자뿐이었다. 그는 눈에 띄게 키가 컸다. 백팔십 센티미터는 될 것 같았다. 살짝 무릎을 굽히고 출입문을 통과한 여자는 쓰고 있던 선글라스를 셔츠 앞섶에 끼웠다. 얼굴이 홀쭉하고 길어서 언뜻 보면 목 위에 장작을 얹어놓은 것처럼 보였다. 하지만 눈에서는 대단한 기운이 느껴졌다. 사람 속을 꿰뚫어보는 듯 날카로운 눈매가 엄마를 떠올리게 했다. 정장을 입지 않았다면 어디서 쌀알깨나 뿌리고 다녔을 것 같았다.

"참 합리적인 공간이네요. 사장님 원래 취향과는 좀 다른 것 같지만. 워낙에 고급스러운 분이시잖아요? 인테리어며 가구 같은 것도 좀더 고풍스럽게 해놓으실 줄 알았는데, 이렇게 단출한 걸 보니 오래 머물 생각은 아니신가봐요?"

"나에 대해 아는 게 전혀 없으시네요."

"저기 뭐…… 차라도 내올까요?"

숨이 막힐 듯 신경질적인 대화를 견디기 힘들어 내가 끼어들었다. 사실 우리 가게에 차 같은 건 없었다.

"감사해요. 저는 그냥 커피면 돼요. 라테로, 시럽 듬뿍 넣어서요."

여자가 그 매서운 눈을 찡긋하며 내게 말했다.

"천구야, 차 같은 소리 하지 말고 차 있으면 이분 차로 받아버릴 생각이나 해라. 앉아서 핸드폰 켜고 녹음 시작해. 나 감옥 가면 증거로 내야 되니까."

배치가 아까 꺼낸 야구 배트를 책상 옆에 기대놓으며 말했다. 그러고 보니 나도 아직 배트를 들고 있었다. 나는 누가 뭐라 하지도 않았는데 당황해서 배트를 내려놓으며 여자에게 말했다.

"아, 아니에요. 이거는 그냥, 그…… 야구하려던 거예요. 사회인 야구요. 사회인이니까요. 감옥 갈 일 한 거 없어요."

내 말을 들은 그가 웃으며 자기 허리춤에 손을 댔다.

"걱정 마세요. 저는 총이 있거든요."

정말이지 불편하기 짝이 없는 자리였다.

배치 크라우더와 여자는 서로를 탐색하듯 단발적인 대화를 이어갔다. 하지만 용건의 핵심에 접근해가고 있다는 생각은 들지 않았다. 둘은 기상청의 잦은 오보와 국지성 집중호우에 대해 토론했고, 급등락하는 주식시장의 장기적 전망에 대해 의견을 나누었다. 오아시스의 재결합 가능성에 대한 의견을 묻는 그의 질문에 배치는 리엄과의 개인적인 관계가 있어 말하고 싶지 않은 주제라며 화제를 돌렸다. 그는 온갖 얘기를 하면서도 배치가 샤워 가운을 입고 있다는 사실에 대해서는 화제로 삼지 않았다. 어떤 측면에서는 꽤 편견이 없는 두 사람인 것 같았다. 마침내 여자가 곧 있을 대통령선거에 관한 의견을 물어왔을 때, 배치는 좀전까지와는 다르게 입을 굳게 다문 채 아무 말도 하지 않았다.

"왜 그러세요. 누구보다 사장님께서 할말이 많으신 주제 아닌가요?"

"당치 않은 소리."

"저희를 도와주셔야죠. 저희를 안 도와주시면 누굴 도와주려고 하시는 거예요? 다른 선택지는 없다는 거 알고 계시죠?

다 들어서 알고 있어요. 외국에서 이런 일을 맡아서 하신 적 있다고요. 저라면 이런 제안 거절하지 않겠어요. 당연히 사례는 섭섭하지 않게 해드릴게요. 또 한번 국위 선양 하셔야죠."

"베드로의 어구를 쓰면 반드시 대가를 치르게 돼 있습니다. 그때 일은 지금까지 줄곧 후회하고 있어요."

"어머나, 꽤 신뢰하는 직원인가봐요. 그 물건의 이름을 직접 언급하시다니."

여자가 눈짓으로 나를 가리키며 말했다.

"어차피 자기 엄마한테 들어서 다 알고 있을 거요. 저 친구 모친이 억조창생 여사니까. 도움이 필요하면 나 말고 그쪽을 찾아가보는 게 어때요?"

등허리에 식은땀이 흐르는 게 느껴졌다. 사장님은 내가 베드로의 어구 때문에 왔다는 걸 처음부터 알고 있었던 거다. 그런데도 어째서 나를 직원으로 쓴 거지? 여자가 내 쪽으로 고개를 돌렸다. 흥미롭다는 눈빛으로 위에서부터 아래까지 나를 훑었다.

"영 닮지 않았는데요."

"관점에 따라 다르지요. 물려받은 것에는 외모만 있는 게 아니니까요. 저놈이 뭘 할 수 있는지를 알게 되면, 지금 내가 아니라 저 녀석에게 무릎 꿇고 매달릴 텐데 말이죠."

배치의 말을 들은 그가 높은 목소리로 깔깔대며 웃었다. 비웃음을 당한 것 같아 기분이 좋지 않았다. 배치는 진지한 표정으로 말을 이어갔다.

"중요한 건 베드로의 어구가 내 것이 아니라는 겁니다. 당신들의 것이 아니듯 말이지. 누구의 것인 적도 없고, 앞으로도 그럴 거라는 걸 명심해요. 그리고 난 소유에 대한 개념이 당신들과 다르다고. 뭔가를 갖는 것은 지긋지긋하고 끔찍해. 내가 왜 물건을 팔겠어. 갖고 있는 걸 너무 싫어하거든. 내 손에 그런 물건이 들어오면 끌어안고 있을까? 당장 당근마켓에나 올려버리고 말지. 백날 털어보세요. 나한테서 그게 나오나."

"이번 선거, 중요해요. 언제고 그렇지 않은 때가 있었겠냐만은 말이죠. 이 나라의 운명을 순전히 운에 맡길 생각은 아니시겠죠?"

"내가 할 말이야. 그런 대사를 나 같은 장사치의 잔재주에 맡길 생각은 아닐 거 아닙니까. 뭔가 준비한 게 있겠지. 그게 뭔지 말해봐요."

"말하면 도와주신다고 약속하는 거예요?"

"경우에 따라선."

여자가 입술을 오므리고 뜸을 들였다. 맞혀보라는 건가? 정치는 잘 몰라서…… 배치도 의도에 순순히 넘어가지 않겠다는 듯 샤워 가운의 끈만 만지작거렸다. 기다리기 지루했는지 여자가 먼저 입을 열었다.

"골목식당."

"백종원?"

반사적으로 내 입에서 그 이름이 나왔다. 여자가 홀쭉한 머리로 작게 끄덕였다. 〈백종원의 골목식당〉의 애청자였던 나는 시청자 게시판에 글을 올리기도 했었다. 우리 동네 〈미륵 떡볶이〉에 솔루션이 필요하다고 말이다. 맛은 있지만 어딘지 2퍼센트 부족하다는 생각 때문이었다. 너무 평범한 맛이 매력이면서도 약점이랄까? 작가와 전화통화를 하기도 했다. 하지만 동네에 음식점이 〈미륵 떡볶이〉 한 군데밖에 없어서 어렵다는 말을 들었다. 서너 개의 가게를 묶어 각각 캐릭터를 부여하는 콘셉트라 어쩔 수 없다고 했다.

대통령 백종원? 메인 MC는 백종원과 김성주이긴 하지만 김성주는 좀 약한 카드 같았다. 백종원이라면 나쁘지 않다. 해볼 만한 승부다. 근데 어느 당으로 나오는 거지?

"한국 정치의 본질에 접근하는 시도구만."

"그렇죠. 예능 같은 정치라는 어설픈 유비가 아니라 정치를 완전히 예능으로 만들어버리는 거예요. 중장년층 시청자들이 왜 종편 채널의 시사 프로그램을 그렇게 열심히 보겠어요. 그것조차 심심하게 느껴져서 정치 유튜브를 찾는 사람들은 왜 그러겠어요. 대립, 음모, 야합은 물론이고 드물게 등장하는 극적인 타협…… 이어지는 배신까지. 〈무한도전〉 추격전에 나오는 게 여의도 정치판에 다 들어 있어요. 그만한 고자극 콘텐츠가 없다는 거죠. 게다가 백종원씨는 성공한 사업가이기도 하니, 잘은 모르겠지만 어쩐지 경제도 그럭저럭 잘 해낼 것 같다는 인상을 줄 것이고요. 어때요? 같은 사업가로서 응원하는 마음이 좀 생기시나요?"

"좀 과격한 것도 같지만…… 강력한 건 사실이군. 어느 당으로 나오든 간에 말이야. 그 정도면 내가 필요 없는 거 아닙니까? 선거 유세 안 하고 전국 시장에서 닭강정만 먹고 다녀도 이길 거 같은데요."

"그렇게만 되면 얼마나 좋겠어요. 하지만 선거라는 게 그렇게 쉽게 풀리지 않잖아요. 아무리 기똥찬 카드를 꺼내도 결국 승부는 구도랑 조직에서 갈리는 거죠. 어느 당으로 내보내든 결국엔 반으로 갈리는 싸움이 될 거예요. 그래서 꼭 필요해요. 사장님의 활약이."

배치는 쓴웃음을 지으며 대답했다.

"내가 처음이자 마지막으로 그 물건을 썼을 때…… 사람이 죽었습니다."

사장님이 먼 곳을 바라봤다. 창밖으로 삼삼오오 모여 있는 위원회 사람들이 보였다. 지루한 시간을 보내는 일은 누구에게나 쉽지 않은 듯했다. 검은 정장을 입고 총을 차고 있는 요원들에게나, 라면 물이 끓기를 기다리며 냄비 앞에 서 있는 기우란 할머니에게나 그것은 마찬가지일 것이다. 하지만 배치의 눈은 시간을 보내는 사람의 것이 아니었다. 그의 눈은 이미 지나간 시간에 대한 회한으로 가득차 있었다. 그는 지금 견뎌낸 시간을 다시 살고 있었다. 적어도 내게는 그렇게 보였다. 그가 말을 이었다.

"미안합니다. 내가 사과해야 할 일인지는 잘 모르겠지만, 어쨌든 〈킹 프라이스 마트〉에 왔는데 원하는 걸 얻어가지 못한다니 그 부분은 사과드리지요. 나는 그 일을 할 수 있는 사람이 아닙니다. 누구도 그걸 다시 사용해선 안 돼요."

"괜찮으시겠어요?"

여자의 말투는 냉소적이면서도 위협적이었다. 정말로 박치국이 괜찮을지 어떨지를 물어보는 말이 아니었다. 괜찮지 않을 거라는 분명한 메시지가 담겨 있었다.

"이 마트, 사장님 자신, 그리고 멀뚱한 표정으로 아무것도 모른 채 서 있는 순진한 직원에게 어떤 일이 생겨도 괜찮으시겠냐구요."

"협박하는 겁니까?"

"협박이라뇨. 앞으로 일어날 수도 있는 일에 대해 진지하게 조언드리는 거예요. 위원회를 거스르면 어떻게 되는지, 결과는 뻔하잖아요. 당신이 그렇게 고민하는 이유를 알 수 없네요. 당신이 베드로인 것도 아니잖아?"

"당신? 예의 같은 건 갖다 버리기로 작정했나보구만. 그러는 당신은 심부름이나 하는 하수인 주제에, 그런 물건 가까이에나 갈 수 있을 것 같어?"

"다정한 말이잖아요. 당신."

"개소리 말고 내 집에서 나가쇼. 배리 본즈가 666번째 홈런을 친 이 배트로 밖에 있는 분들까지 전부 병가 보내드리기 전에. 원래 이 배트는 오늘 따로 쓸 일이 있었는데, 원한다면 당신들한테 쓰는 걸 내 마다하지 않으리다."

여자가 옅은 미소를 띠며 자리에서 일어났다. 그는 선글라스의 두 다리를 잡아 기품 있게 눈 위에 올려놓고, 나를 향해 고개를 까딱하며 인사했다. 나는 당연히 인사를 받아주지 않았다. 마트를 빠져나가던 여자가 멈춰 서서 배치를 향해 말했다.

"이렇게 나오시면 조만간 놀랄 만한 소식으로 찾아뵐 것 같네요."

"천구야, 침 뱉어 침."

내가 입안에 침을 모으기도 전에 여자는 문을 닫고 나가버렸다. 마트 밖에서 여러 대의 차가 동시에 시동을 거는 소리가 들렸다. 창밖으로 흙먼지가 잔뜩 일어나는 게 보였다. 일부러 그러는 게 분명했다. 배치 크라우더를, 〈킹 프라이스 마트〉를 끝까지 우습게 보고 있었다. 그 대상에 나 구천구는 포함되지도 않을 것이다. 위원회인지 모둠회인지 정말 불쾌한 인간들이었다.

불청객들이 떠난 뒤 사장님은 씩씩거리며 책상 주변을 돌아다녔다. 책상 서랍을 전부 열어 뭔가를 찾기도 하고, 금고에 잠깐 들어갔다 나오기도 했다. 나 역시도 기분이 영 좋지 않았다. 나만 빼고 모든 사람들이 모든 걸 알고 있었다. 오래전부터 숱하게 느꼈던 소외감이 기시감으로 다가왔다.

"천구야."

사장님이 날 불렀다. 사장님은 어느새 위치를 바꿔 책상에 앉아 머리를 싸매고 있었다.

"바보 취급당한 거 같아서 서운하냐."

나는 아무 말도 못했다. 사실 그렇게까지는 생각하지 않았다. 내가 중요하지 않았던 적은 많았으니까. 하지만 바보 취급이란 건 훨씬 기분 나쁘게 적극적이잖아! 이제 알았다. 이런 게 바보 취급당하는 거구나. 나를 바보 취급했구나. 사람이 있는 둥 마는 둥 뜨문뜨문 보는 게 이런 거구나. 나는 더이상 바보처럼 있고 싶지 않았다. 모든 걸 알아야 했다.

"베드로의 어구는 지금 어딨어요?"

"그건 말 못해."

"장난해요?"

"글쎄, 베드로의 어구라는 게 있기는 있지. 그런 이름이 있으니까. 이름이 있는 것은 반드시 존재하는 거야. 이름만으로 존재하는 것도 자기 부피를 갖고 있어. 확실한 건 교황청이 직접 관리하는 성물 중에 베드로의 어구는 없다는 거야. 그쪽에선 필요하지가 않거든. 콘클라베는 무조건 만장일치제니까. 그렇기 때문에 그 존재를 더 확신하는 사람도 있지. 관리되지 않는 성물이라 밖으로 나돌았을 거라고.

그래. 그런 물건이 있다. 153대 교황 빅토르 2세가 베드로의 어구의 세부적인 관리 지침을 담은 교지를 내린 게 11세기 초반이니 그때까진 분명히 그런 물건이 있었지. 그 당시에는 여러 방법으로 교황을 선출했지만 다수결을 따른 적도 분명히 있었어. 콘클라베가 확립된 건 13세기야. 그때부터 베드로의 어구는 쓸모없는 물건이 돼버린 거지. 적어도 교황청 내에서는 말이야.

그런데 천구야, 이름에 속지 마라. 이름에 현혹돼서 본질을 잃으면 손에 남는 건 아무것도 없어. 물속에서 쥐는 모래처럼 흩어지는 거다. 본질에도 현혹되지 마라. 어떤 게 본질이고 허상인지 네 맘속에서 정하는 순간 본질적인 건 신기루처럼 사라져버려. 그러니까 말이다, 내가 물어보자, 그런 물건이 정말 있다면, 세상에 존재한다면 말이다, 너는 그걸 어떻게 할 거 같냐?"

"글쎄요. 뭐…… 좋은 일에 쓰든가, 좋지 않은 일에 쓰든가 둘 중 하나겠죠. 사장님이 어느 쪽이었는지는 대충 알 것 같고요."

"그래, 그렇게 말해도 좋다. 반은 맞고 반은 틀리니까. 그런데 너는 왜 그걸 없애버릴 생각은 하지 않냐? 세상 모든 일은 인과의 연쇄다. 이쪽이 이러하면 저쪽이 저러하는 거라고. 그런 물건을 맘대로 써버리면 누군가는 대가를 치러야 해. 좀 더 현명한 사람이라면 그걸 없애버리려 하지 않겠니? 왜 그렇게 하지 않았는지 모르겠구나."

"지금 자기 자신한테 하는 말이에요?"

"그래."

사장님은 배리 본즈의 배트를 만지작거리며 말했다.

"나는 베드로의 어구를 딱 한 번 사용했다. CIA의 부탁이었

SINCE 1993 MUNHAKDONGNE

문학동네 **편지함**

문학동네 편집자가 지금 함께 읽고 싶은 책을 전해드립니다.

온라인 서점에 전달할 안내문에 최은영 작가를 어떻게 소개하면 좋을지 고민하다가 '함께 성장해나가는 우리 세대의 소설가'라고 적어넣었습니다. 우리가 조금씩 나이를 먹는 순간순간에 최은영 작가의 소설이 함께해왔음을 새삼 깨달았기 때문입니다.

「쇼코의 미소」 속 '쇼코'와 '소유'가 그들이 원하던 방향으로 나아가지 못하거나 서로를 향해 날카로운 말을 던질 때 저는 그런 감정이 무엇인지 너무나 알 것 같았던 사회 초년생이었고, 「아치디에서」에서 간호사인 '하민'이 스스로가 엉망이 되었다고 느끼며 훌쩍 아치디로 떠날 때는 저 역시 직업인으로서의 어떤 보람과 소진 사이를 오가며 지내고 있었습니다. 그리고 지금은 「아주 희미한 빛으로도」 속 젊은 강사인 '희원'이 자신은 어디까지 다다를 수 있는지, 더 나아갈 수 있는지 어림해보는 모습을 보며 그의 고민과 저의 고민이 겹쳐지는 순간을 경험하기도 합니다.

소리를 내지 않고 우는, 스스로를 오랫동안 용서하지 못하는, 떨리는 목소리로 부당한 일에 대해 말하는 사람들. 그리고 그들과 함께하는 동안 어쩐지 서서히 정화되고 나아가게 되는 마음. 『아주 희미한 빛으로도』가 우리에게 주는 건 그런 드문 순간들인 것 같습니다.

_N (문학동네 국내문학 편집자)

지. 남미에서 친미 정권을 세우는 데 그 물건을 썼다. 군인 출신의 독재자를 합법적인 대통령으로 만드는 데 일조한 거야. 상대 후보로 나선 사람은 일생의 반을 감옥에 갇혀 있다 나온 대학교수였어. 인기가 대단했지. 농민들의 압도적인 지지를 받고 있었어. 내가 손쓰지 않았다면 그가 대통령이 됐을 거다. 하지만 독재자가 이겼어. 53퍼센트의 득표율로 말이야. 선거가 끝난 뒤 교수는 암살당했다. CIA도 독재자도 아닌 자기 지지자들에게 말이야. 아무리 생각해도 선거에서 질 만한 이유가 없었으니 그가 대통령 자리를 팔아먹었다고 오해받은 거야. 그 생각만 하면 이걸로 내 머리통을 산산조각 내고 싶다."

"사장님, 너무 그러지 마세요. 어떻게든 되겠죠. 그래서 말인데, 어떻게 되는데요? 아까 그 사람이 거의 명백하게 협박하고 갔잖아요. 위원회라는 게 사장님을 어떻게 할 수 있어요?"

"글쎄다. 그래도 여기가 법치국가인데, 뭔 건수가 있어야 괴롭히지. 기껏해야 세무조사나 하겠지 싶지만…… 이걸 어쩌나? 나는 여기서 매출 올린 게 없는데? 소득이 없으면 세금도 없다."

오, 그래서 장사를 대충 한 건가.

"그래도 어떻게든 나를 잡아가려고 할 거다. 자기편이 아니면 적이라고 생각하는 놈들이니까. 아무 죄라도 뒤집어씌워서 잡아가겠지. 아무래도 좀 쉬어야겠다. 머리가 너무 아파. 너희 형들 대가리 깨는 일은 다음으로 미루자. 곧 좋은 날이 있겠지."

"사장님, 그건 제가 알아서 한번 해볼게요."

"천구야, 내가 너를 그렇게 오래 보지는 않았지만, 너는 알아서 할 수 있는 일이 별로 없는 것 같다."

"네."

"하지만 너는 무슨 일이든 해낼 수 있어. 구만구 구억구 그 이상도 될 수 있다고. 알지?"

"……"

"그리고 말이다, 앞으로 어떤 일이 일어나든 너는 여기 끼어들지 마라."

"무슨 일이 일어나는데요?"

"모르겠다. 모르는 일이 갑자기 아는 일이 되어도 관여하지 말고 달아나. 가서 너희 엄마한테 말해라. 억여사 고객이 누구든 간에 베드로의 어구를 받아가기는 힘들 거라고."

"고객 없어요. 본인이 나간대요, 선거."

"이런 젠장. 달아나. 너희 엄마에게서 달아나."

그래도 어떻게 그래. 가족인데.

8

왔다 갔어?

"왔다 갔어? 위원회 사람들?"

집에 들어가자마자 엄마가 물었다.

"어떻게 아셨어요?"

"이 좁은 동네에 비밀이 있을 거 같냐. 오늘 들락날락한 차가 몇 댄데. 누가 왔던?"

"이름은 몰라요. 눈이 좀 무섭던데. 키 크고."

"아, 개구나. 사고 치고 개마고원으로 전출 갔다더니 돌아왔나보네."

"도대체 뭔데요? 위원회라는 게?"

"이름 그대로야. 위원들이 모여 있는 곳이지."

"뭐하는 위원들인데요?"

"복잡하게 생각할 거 없어. 세상 굴러가는 데 필요한 모든 것들을 결정하는 사람들이 거기에 있지. 결정한 것들을 수행하는 직원들이 위원들 아래에 있고. 정부는 아니야. 정부 비슷한 것도 아니고. 심지어 그림자 정부 같은 것도 아니다. 언제부터 있었는지도 모르고, 누가 위원회의 주인인지도 몰라. 자기들 자신도 모를걸. 지금 나타난 걸 보니 분명 선거 때문인가본데, 그 녀석들이 지금 베드로의 어구를 노리고 있는 거야. 맞지? 대답 안 해도 안다. 봐라, 그게 얼마나 중요한 물건인지 좀 감이 오냐."

"위원회가 그렇게 대단한 데라면 그런 것 없어도 선거 같은 건 마음대로 할 수 있는 거 아니에요?"

"그들도 결정한 모든 걸 이뤄내진 못하거든. 그래서 나를 찾아올 때도 있고, 박사장을 찾아갈 때도 있는 거야. 네 표정을 보아하니 그놈들이 성물을 가져가진 않은 것 같네. 물건이 가게에 있지는 않나보구나. 근데 너 어디서 굴렀냐?"

엄마는 내 옷이 온통 엉망인 걸 그제야 알아차린 모양이었다.

"아, 그냥 굴렀어요."

엄마는 나를 한 번 흘겨보더니 시선을 거두고 말했다.

"형들한테 잘해라."

"형들은 저한테 잘해요?"

울컥해서 엄마한테 쏘아붙였다. 내뱉고서 나 스스로 조금 놀라 움츠러들었다. 엄마는 향 끝에 불을 붙여 피운 뒤 제단에 놓인 향로에 꽂았다. 그 앞에서 잠시 손을 모아 기도하고, 성호를 그었다. 베드로의 색동옷이 오늘따라 칙칙해 보였다.

"아픔이 많은 애들이다. 크면 알게 될 거야. 걔들이 감당해야 했던 삶의 무게를."

나는 입을 다물고 아무 대꾸도 하지 않았다. 방금 전에는 나답지 않게 너무 세게 말했다. 그 정도가 내가 할 수 있는 반항의 최대치였다. 삶의 무게는 나도 칠십 킬로그램 정도 되는데. 걔들이라고 밤마다 엄마 몰래 삶 한 그릇씩 더 삶아 먹은 것도 아니잖아. 무슨 말을 해봐야 소용이 없다는 걸 알아서 그만뒀다.

"잘 지켜봐라. 앞으로 며칠은 더 유심히 살펴. 배치 크라우더가 어디에 다녀오는지, 누구와 연락하는지, 새로 들여오는 물건은 없는지 잘 봐. 내가 너를 그곳에 보낸 이유를 잊지 마라."

엄마는 나한테 잘해?

뉴스는 갑자기 실종된 백종원에 대해 연일 다루고 있었다.

사장님은 놀랍지도 않다며 전부 다 쇼에 불과하다고 말했다.

"서사가 필요한 거야. 조만간 멋지게 등장해서 출마 선언을 할 거다. 위원회 놈들이 정의롭진 않아도 정직한 편이거든. 괜한 말을 했을 리 없지."

백종원은 〈골목식당〉이 종영된 이후에도 여러 예능 프로그램은 물론이고 유튜브에서도 활발히 활동하고 있었다. 워낙에 확고한 팬덤을 갖추고 있어서 백종원을 소재로 한 2차 창작도 다양했는데, 그중에는 백종원이 대통령 자리에 오른다는 내용의 소설도 존재했다. 이異세계에 도착한 백종원이 요리왕 비룡을 도와 암흑 요리계를 소탕하는 웹소설도 있었고, 백종원이 이순신의 전속 요리사로 등장하는 가상 역사소설도 있었다.

출판사들이 뭔가를 눈치챘는지 백종원의 이름을 그대로 쓰는 경우는 별로 없었다. 그 이름을 함부로 적어선 안 된다는 모종의 합의라도 있었던 걸까? 박종일, 백종둘, Mc존원(이건 백종원이 미국인으로 등장하는 경우) 같은 이름으로 쓰였지만 누가 봐도 이야기 속 등장인물은 백종원이었다.

마트는 별다른 일 없이 돌아갔다. 가끔 손님이 찾아왔고, 사장님은 그들에게 전혀 도움이 되지 않았다. 개중에는 자신이 '귀'라고 주장하는 사람도 있었다. 본인이 누군가의 얼굴에서 떨어져나온 '귀'인데, 자신이 떨어져나온 그 사람에게 큰 피해를 줘서 더이상 연락을 하지 못하고 있다고 했다.

"어떤 피해를 줬습니까?"

"큰 피해라면 역시, 돈이죠."

"억 단위예요?"

"거의."

"그럼 방법은 하나뿐인데. 일단 돈을 갚으세요. 그리고 용서를 빌어야지, 무릎 꿇고."

"저는 무릎이 없어요. 귀라서."

"있으신데, 무릎."

"사장님이 보시는 게 전부가 아니에요. 인간이 정말로 총체적이라고 믿으세요? 지금 그 친구 얼굴에는 코만 남아 있어요. 눈도 입도 다 저처럼 떨어져나와 있죠. 무릎에 대해서는 제가 알지 못해요. 그 자리에 계속 붙어 있는지, 들어갔다 나왔다 하는지, 저처럼 떨어져나와서 연락 끊고 지내는지 어떤지도 모르고요. 제가 그 친구 앞에서 무릎을 꿇으려면 그 무릎을 빌려와야 해요. 그럼 그 친구는 자기 자신한테 무릎 꿇는 게 돼버리고, 잘못한 것도 없이 용서를 구하는 꼴이 되는 거죠."

"그러게. 잘못은 귀씨가 했는데."

"그렇죠. 제가 잘못했죠."

"그럼 필요하신 게 돈이랑 무릎, 두 가지인 거죠?"

"그 정도면 그나마 시도해볼 수 있겠네요."

"죄송합니다. 돈은 은행에 가셔야 하고, 무릎은 저도 구할 수가 없어요. 귀씨한테 멀쩡한 무릎 가져다드리면 그 무릎 주인은 무릎 없이 어떻게 삽니까. 계단은 어떻게 올라갈 것이며, 여름에 반바지는 어떻게 입겠어요. 안됐지만 그 친구하고는 잘될 길이 없겠어요."

"그런가요?"

"아무래도 그렇죠."

아무 소득도 얻지 못한 채 돌아서려던 귀씨를 사장님이 불러 세웠다.

"이봐요, 내 얼굴은 온전하게 있습니까?"

귀씨가 고개를 갸우뚱하며 대답했다.

"아무것도 없어요. 모르셨어요?"

사장님은 고개를 끄덕거렸다. 그런 대답을 들을 거라고 예상이라도 한 것처럼. 사장님은 입술을 입안으로 말아 넣었다가, 입술을 빼서 손가락으로 쿡쿡 찔렀다. 그게 거기 제대로 있는지 확인이라도 하는 모양이었다. 귀씨가 돌아간 뒤 사장님이 내게 물었다.

"천구야, 넌 저 얘기를 믿냐?"

"에에? 입술 만진 사람이 누군데요."

"혹시나 해서 그런 거지, 파하하."

배치가 민망함을 감추려는 듯 억지스럽게 파안대소했다.

"근데요 사장님, 귀씨가 진짜 귀든 총체적 인간이든 간에 아주 나쁜 사람인 건 분명해 보여요."

"그러냐? 나는 모르겠던데."

"사장님도 사람 보는 눈 참 없네요. 돈이 문제가 아니에요. 아니, 물론 돈도 문젠데, 용서받는 걸 당연하게 생각하잖아요. 돈이랑 무릎만 챙겨가면 된다고 믿는 게 뻔뻔하지 않아요? 같은 얼굴에 있었으면 더 잘해줬어야지, 등쳐먹고서 용서까지 바라는 건 문제가 있죠. 나 같으면 저런 귀는 평생 다시 안 볼 거예요. 어디 돼지 등짝에 가서 붙든 나무 꼭대기에 매달려 있든 알아서 하라죠."

"그러게. 니 말도 맞다. 근데 그게 맘처럼 되겠냐. 그놈의 총체성이 뭔지."

주말에는 낚시 도구를 챙겨서 배치와 저수지에 갔다. 집에 있어봤자 엄마에게 닦달이나 당할 게 뻔하고, 쌍둥이 새끼들은 한 공간에 같이 있는 것만으로도 숨이 막혔다. 가는 길에 로터리를 지났다. 아, 회전 교차로라고 했지. 코끼리 아저씨의 수레는 자리에 있는데 아저씨의 모습은 보이지 않았다. 동네로 내려가 탁발이라도 하고 있는 모양이었다. 저수지의 목 좋은 곳은 30대 국가정보원장 원세훈이 온통 낚싯대로 자리를 맡아놔서 우리는 그늘도 없는 땡볕 아래 자리를 폈다.

"따듯한 데 있는 애들이 붙임성도 좋을 거야. 바늘 보고 친구인 줄 알고 달려들 거다."

"안타깝네요. 성격이 좋다는 이유로 낚싯바늘에 꿰여서 올라와야 한다니."

"성격 나쁜 애들은 바늘 보고 치받다가 낚인다. 고기 잡으러 와서 남의 처지 동정하는 거 아주 이율배반이야."

"고기 잡으러 온 거 아니에요. 그냥 왔는데 고기를 잡을 수도 있는 거지."

"장담하지 마라. 그렇게 허술한 마음으로 낚싯대를 던지는데 고기가 들 거 같냐? 그리고 고기만 잡으라는 법도 없어. 이 저수지 바닥에 뭐가 가라앉아 있을지 누가 아냐. 갈 데 없는 복수라도 건지면 우리 고객님이 얼마나 좋아하시겠어."

"그러게요. 베드로의 어구가 딸려 나올 수도 있구요."

그렇게 말하고서 배치의 눈치를 살폈다. 배치는 무심한 표정으로 입맛을 다셨다.

"그게 좋은 일일지 모르겠다."

배치가 자기 앞에 드리워진 찌를 멍하니 보며 말했다.

"사장님은 장사꾼이잖아요. 사람들이 구하는 물건이 있고, 그걸 가져다주면 서로에게 좋은 거 아니에요? 돈도 벌고 소임도 다하고."

"만약에 내가 그걸 어디서 구해왔다고 쳐. 그럼 너는 엄마한테 가져다줄 거냐?"

"그건 절도죠. 그렇게는 안 해요. 엄마를 위해서 그렇게까지 할 생각도 없고요. 어디에 팔든 그건 사장님 마음이니까 저는 따를게요. 저희 엄마한테 넘길 거면 그렇게 하세요. 제가 배달하고 돈 받아올게요. 위원회한테 갈 거면 그렇게 하시고."

"엄마가 그렇게 간절히 원하잖아. 위원회에 갖다줘도 상관없어?"

"글쎄요. 제가 사장이라면 한번 생각해볼 문제네요. 근데 저는 사장이 아니니까."

배치 앞의 찌가 크게 가라앉았다가 떠올랐다. 배치가 낚싯대를 낚아채 번쩍 들어올렸다. 수면이 들썩이며 물이 튀었고 순간 작은 무지개가 어렸다. 바늘 끝에 걸린 것은 아무것도 없었다. 공연히 허공을 낚은 배치가 다시 낚싯대를 던졌다.

릴 돌아가는 소리가 귀에 닿아 시큰거렸다.

“나는 그것도 걱정이야. 만약에 말이야, 내가 그걸 또 가져다 쓰면…… 베드로가 가만있을까 싶어. 그 양반 한 성깔 하는 거 유명하잖아. 예수가 체포당하려고 하니까 잡으러 온 사람 귀를 냅다 베어버린 거 알지? 내가 볼 땐 삼국지로 치면 베드로가 장비야. 바오로가 관우고.”

“셋이 같은 자리에 안 있었잖아요.”

“캐릭터가 그렇다는 거지, 캐릭터가.”

“그래서 지금 어디에 있어요? 그 물건은?”

“몰라.”

접이식 의자에 앉은 배치가 말했다.

“모른다고요?”

“그래, 정말이야. 원래는 금고 안쪽 깊숙이 넣어놨다. 하도 여기저기 그걸 달라는 데가 많아서 연락 다 끊고 해외로 한참 돌았거든. 좋은 데도 많이 다니고 맛있는 것도 먹었지. 그런데 평생 일하던 사람이 그렇게 놀고먹으니까 마음이 영 불안하더라고. 천구 너는 평생 놀고먹기만 해서 그 마음을 모를 거다. 일이라는 게 중독이야. 고생하는 것도 재밌고 사람 만나는 것도 재밌고 그런데 돈까지 벌리잖아? 그것만큼 재밌는 게 없다고. 다시 장사해보려고 이 동네에 온 거야. 여기는 아는 사람도 많고 우리 가게 자리, 거기가 마침 비어 있더라고. 내가 밖으로 나다니는 동안 금고는 꼭꼭 숨겨뒀다. 그런데 말이지, 오픈 전날 금고를 갖고 와서 열어보니까 웬걸, 다른 건 다 있는데 그거 하나만 없는 거야. 누가 손댄 흔적조차 없는데, 베드로의 어구 그것만 없더라. 그게 대체 어디로 갔는지 나도 모르겠다. 베드로가 가져갔나?"

"베드로랑 친해요?"

"그럴 리가 있냐. 그런 무서운 사람하고."

"그럼 누가 가져간 거예요?"

"누가 가져갔는지, 그냥 지가 도망쳤는지, 금고 안에서 연기처럼 푸시식 하고 사라졌는지 나도 모르겠다. 골치만 아프네. 다시 나한테 와도 문제야. 내가 갖고 있는 걸 알면 위원회가 가만히 안 있을 테니. 맘 같아선 내가 찾아다가 그냥 베드로한테 반납하고 싶다. 도로 가져가쇼, 하고 몇 푼 받고 팔아버리고 싶어."

"베드로는 없잖아요."

"없지 당연히. 옛날에 죽은 사람이니까."

내 앞에 있던 찌가 쑥 가라앉았다.

"뭐해. 땡겨."

배치의 말을 듣고서야 뭔가 걸린 걸 깨달았다. 낚싯대가 수면 깊숙이 빨려들어가려는 순간 움켜잡았다. 들어올리려고 했는데 마음처럼 되지 않았다. 낚싯대에 걸린 무언가가 물아래에서 좌우로 요동치며 자기 운명에서 벗어나려고 몸부림치는 게 느껴졌다.

"싸워서 이기려고 하지 말고, 릴을 풀었다 감았다 하면서 녀석의 힘을 빼. 주도권이 너한테 있다고 생각해. 그 생각을 안 하면 물밑에 있는 놈한테 끌려다니는 거야."

흥분한 배치가 침을 튀기며 코치했다. 첫 낚시에 뭔가를 낚는다니. 아직 성공하진 않았지만, 성공할 가능성이 있었다. 떨렸다. 저수지엔 어떤 게 있지? 방어? 문어? 아니다. 그런 건 바다에 사는 생물이지. 이천 년 전의 성물? 누군가의 비망록? 뭐가 됐든 살아 있는 사람만 아니면 될 것 같았다. 그렇지 않으면 물 밖으로 나온 사람과 머쓱하게 인사해야 할 테니까. 낚싯대가 가파른 포물선을 그리며 휘었고 줄이 팽팽해졌다. 이 상황에서 벗어나고 싶다는 상대편의 의지가 명확히 전해졌다. 일순간 미안한 마음이 들었다.

'그냥 이렇게 성공할 뻔했던 걸로 만족하자.'

마음을 내려놓은 순간 팽팽해졌던 줄이 움직임을 멈췄다. 그 틈을 놓치지 않고 릴을 감으며 낚싯대를 들어올렸다. 물보라를 일으키며 수면 위로 올라온 건 팔꿈치였다. 주인을 알 수 없는 주름진 팔꿈치.

"야, 너 신기한 거 낚았다. 낚시 처음이라고 했지? 들고 있어봐. 사진 찍어줄게."

배치는 자기가 대물이라도 낚은 것처럼 즐거워했다. 팔꿈치를 손바닥에 올려놓은 나를 몇 번이나 카메라에 담으며 호들갑을 떨었다.

"너한테 이런 승부사 기질이 있는 줄은 또 몰랐네."

자리를 정리하던 배치가 혼잣말처럼 내뱉었다.

"운이 좋았던 거죠, 뭘."

"어떤 운을 갖는지도 운명의 영역이야."

나는 배치가 오늘따라 오버가 심하다고 생각했다. 하지만 좋게 이야기해주니 기분은 좋았다. 내가 잡은 게 팔꿈치가 아니라 펄떡거리는 가물치였다면 집에 가서 요리라도 해줄 것 같았다. 맥주 한 병을 나눠 마시고 옥상에서 별도 같이 볼 것 같았다. 누구든 먼저 잠든 사람을 다른 사람이 깨워 방으로 보내고 잘 자라 인사하며 최고의 하루를 마무리할 것만 같았다. 그런 일은 일어나지 않았지만.

낚시 용품들을 정리해 어깨에 메고 언덕을 내려오는데, 마트 앞에 낯선 차가 서 있는 게 보였다. 위원회가 또 왔나? 하지만 그때와 달리 차는 회색 승합차 한 대뿐이었다. 경찰같이 생긴 사람이 그 앞에서 담배를 피우고 있었다. 좋지 않은 기분이 들었다. 배치한테 말하고 싶었다. *튀어요.* 하지만 입 밖으로 꺼내지는 않았다. 도망갈 생각이 있으면 배치가 알아서 그렇게 할 테니까.

"박치국씨?"

"배치 크라우더입니다."

"경기남부청 반부패경제범죄수사대 김하안 경위입니다. 체포 영장 집행하겠습니다. 박치국씨 앞으로 업무방해 혐의에 대한 영장이 발부됐습니다. 묵비권을 행사할 수 있고 변명할 기회가 있지만, 지금부터 하는 진술은 법정에서 불리한 증거로 쓰일 수 있습니다. 변호사를 선임할 권리가 있긴 한데, 나 같으면 변호사 놈들 믿지 않습니다. 전부 이해했습니까?"

"천구야, 가게 잘 지켜라."

"경찰이세요? 지금 어디로 가는 거예요?"

나는 어떤 대답도 듣지 못했다. 경찰이 배치에게 수갑을 채웠다. 배치는 수갑 따위 틈날 때마다 여러 번 차본 사람처럼 당황하지 않고 담담히 지시에 따랐다. 배치의 말이 떠올랐다. 저들이 어떻게든 자신을 잡아갈 거라고. 배치는 알고 있었던 거다. 근데 왜 도망가지 않았지? 승합차에 오르기 전 배치가 나를 향해 소리쳤다.

"가게 잘 지켜!"

"사장님!"

"내 말 기억해. 엮이지 마!"

배치를 태운 승합차가 거칠게 액셀을 밟았다. 대체 무슨 일이 벌어진 건지 이해하기 힘들었다. 사장님이 무슨 잘못을 한 거지? 위원회에 고분고분하지 않았다는 이유로 사람을 이렇게 끌고 갈 수 있는 건가? 억울함과 두려움이 동시에 밀려들었다. 사거리로 내려와보니 〈미륵 떡볶이〉 앞에 동네 사람들이 모여 웅성거리고 있었다.

"천구 왔나. 니는 안 잡아갔지? 다행이다, 다행이야. 그 불한당 같은 놈, 당해도 싸지."

기우란 할머니가 내 손을 잡고 얼굴을 어루만지며 말했다.

"이게 다 무슨 일이에요."

눈물이 터지기 일보 직전이었다.

"업무를 방해했으니까 잡혀가 마땅하지. 내가 고발장 넣었다. 엊그제 눈이 쭉 째진 여자가 와서 알려주더라. 가만두면 안 된다고. 박치국이 이놈이 배운 것 없는 할미를 우습게 보고 말이여. 라면 갖다달라 그런 지가 언젠데 아직도 안 갖다줘."

"할머니가 그런 거예요?"

"내가? 나는 아니지. 저놈이 자기 무덤 스스로 판 거 아니냐. 반백 년 분식집 하면서 저런 악질은 처음 봤다. 아가 니도 고생했네. 저런 후안무치한 놈 밑에서 얼마나 고생을 했니. 그동안 밥 한번 먹으러 못 오고. 얼마나 사람을 깡통 밟아놓은 것마냥 굴렸으면."

나의 유일한 친구가 내 친구나 다름없던 사장님의 손목에 수갑을 채운 거다. 모든 게 운명의 장난처럼 느껴졌다. 위원회 놈들이 새삼 무서운 인간들이란 생각이 들었다. 그들은 모든 걸 알고 일부러 할머니를 실행자로 내세웠다. 나를 외롭게 만들려고. 작전은 성공했다. 세상에 완전히 홀로 남겨진 기분이었다.

9

데스크에 앉은 경찰의 대답은 한결같았다

배치가 잡혀간 지 사흘이 지났다. 그동안 매일 남부청에 찾아갔는데 한 번도 면회를 할 수 없었다. 갈 때마다 데스크에 앉은 경찰의 대답은 한결같았다.

"지금 막 조사 들어갔어요. 타이밍이 안 좋으시네. 조사 끝나면 한밤중이라 기다리셔도 면회 안 될 겁니다."

"어제도 그렇게 말했잖아요. 무슨 조사를 매번 내가 여기 올 때마다 시작해요."

"그럼 경찰이 선생님 스케줄 봐가면서 조사해야 됩니까?"

정말 조사를 하고 있는 건지, 면회를 안 시켜주려고 하는 말인지 알 수 없었다. 애초에 별것도 아닌 라면을 문제삼아 체포 영장이 나왔다는 것 자체가 말이 안 됐다. 압수수색영장을 들고 와 매일같이 마트를 뒤집어놓는 것도 그랬다.

엄마라면 방법이 있을 거라고 생각했다. 고객 중에 경찰이 한 트럭쯤은 있을 거고, 말단 순경보다는 간부급이 훨씬 많을 테니까. 하지만 엄마는 눈을 동그랗게 뜨고 내게 물었다.

"내가 왜 박치국씨를 도와줘야 하는데?"

"저를 봐서라도 한번 알아봐주세요. 저희 사장님이잖아요."

"야, 구천구."

엄마가 성을 붙여 내 이름을 불렀는데, 목소리도 높였는데, 하나도 무섭지가 않았다. 엄마 뒤에서 험악한 얼굴로 튀어나오는 천사의 얼굴도 없었다. 지금 엄마는 내게 아무도 아니었다. 아무것도 아니었다.

"너 거기 직원이야, 내 아들이야?"

"둘 다죠."

"너 엄마가 잡혀가도 그렇게 똥줄 타서 돌아다닐 거야?"

"엄마는요? 엄마는 내가 없어지면 찾아보기는 할 거예요?"

"네가 박치국이랑 붙어먹고 지 에미 보기를 뭐같이 하는데, 뭐가 이쁘다고. 가서 너희 사장님 풀어달라고 화염병을 던지든 염병을 하든 알아서 해."

"씨발."

"너 지금 뭐라 그랬어? 엄마한테 욕을 해?"

현관문을 쾅 닫고 나가는데 속이 다 시원했다. 진작에 이렇게 했어야 했다. 도움 따윈 필요 없다. 어차피 날 도와줄 사람은 한 명밖에 없고, 그 사람은 지금 유치장에 갇혀 있다.

영장 실질 심사가 열리는 날 법원에서 배치를 만날 수 있었다. 포승줄에 묶인 배치는 면도를 하지 못해 턱 아래가 수염으로 거뭇했다. 두 손을 들어 "어이, 천구!" 하는데 눈물이 왈칵 날 뻔했다.

"위원회 놈들이 아주 작정을 하고 덤비는 것 같다. 내가 볼 땐 못 빠져나갈 것 같아."

"그럼 어떻게 해요?"

"일단은 〈미륵 떡볶이〉 가서 합의를 봐. 라면 구해다드리고 고소 취하해달라고 부탁드려. 라면 그거, 쉽지는 않을 거다. 그리고 별건으로 추가된 혐의가 많아. 합의를 봐도 금방 나가진 못할 거 같아."

"그걸 갖다주면 다 해결되는 거 아니에요?"

"그게 뭔데? 돈? 개네는 돈으로 해결 볼 수 있는 애들이 아니야. 그 정도면 내가 벌써 이거 풀고 이단 옆차기 하면서 나왔지."

"돈 말고요. 베드로의 어구요."

사장님이 고개를 저었다.

"있어야 주지. 그리고 말이다, 나도 자존심이 있다고. 이제는 있어도 안 준다. 그냥 내가 써서 대통령 돼버리고 말지. 옥중 출마해서 53퍼센트 득표율로 당선되고 셀프 사면하면 되는 거 아니냐."

남의 속도 모르고 킥킥대는 배치를 보니 한숨이 나왔다. 개정을 알리는 불이 켜지고 배치가 함께 온 경찰들에게 양팔을 붙들렸다.

"천구야, 그냥 놀아. 남들은 사장 없으면 신나서 농땡이 치는데 뭐하러 사서 고생하냐."

그러게. 나도 내가 이렇게까지 직장생활에 몰입할 줄은 몰랐다. 배치 크라우더는 그날 늦게 구속이 확정돼 구치소로 이감됐다.

일단은 사장님 말대로 라면을 처리해야 했다. 쿠팡에서 신라면 다섯 박스를 시켰다. 로켓 배송으로 하루 만에 왔다. 마트 문 앞에 쌓여 있는 박스 다섯 개를 가지고 안으로 들어갔다. 내내 비어 있던 선반에 올려놓으니 한결 마음이 좋아졌다. 이제는 기우란 할머니를 만날 수 있다.

그런데 라면 상자에 자꾸만 눈이 가고 마음이 쓰였다. 왜 그런가 했더니 쿠팡에서 붙인 송장 때문이었다. 송장을 뜯어내면 종이 상자가 함께 찢어질 것 같고, 송장이 붙은 그대로 가져다드리자니 너무 성의 없어 보일 것 같았다. 지마켓에서 스마일 배송으로 라면을 다시 시켰다. 송장이 붙어 있는 건 똑같았다.

오픈 마켓에 올라온 여러 신라면 판매처에 전화를 걸었다. 송장을 겉면에 붙이지 않고 배송할 수 있는지 물었더니 딱 한 곳에서 가능하다는 대답을 들었다. 비닐로 겉포장을 한번 더 해서 그 위에 송장을 붙여준다는 거였다. 추가금 오천원을 내고 배송받았다. 송장이 종이 상자에 붙어 있지는 않았지만 상하차 과정에서 다른 짐에 눌렸는지 찌그러진 곳이 있었다.

온라인으로 주문하는 건 포기하고 지역 대리점에 전화를 걸었다. 겉면에 송장도 붙이지 않고, 직접 트럭으로 배송해준다고 했다. 드디어 답을 찾은 것 같았다. 오전에 전화했는데 오후에 바로 왔다. 상자는 열두 개의 모서리가 곧은 완벽한 직육면체였다. 선반에 올려놓고 지난 실패작들과 찬찬히 비교했다. 가슴이 벅차올랐다. 장사하는 기분이 어떤 건지 이제야 알 것 같았다. 선반 뒤로 돌아가 박스의 다른 면을 보지 않았다면 〈미륵 떡볶이〉로 직행했을 것이다. 인쇄가 번져 있었다. 나는 바로 대리점에 전화를 걸었다.

"이거 박스 상태가 이상한데요."

"예? 특별히 깨끗한 상자로 가져다드렸는데."

"상자는 깨끗한데 인쇄가 좀 흐려요. 번짐도 있고요."

"그거는 뭐…… 박스 만드는 공장에서 그랬나보죠."

"반품하겠습니다."

"예?"

"제가 특별히 부탁드렸잖아요. 완벽한 상태의 신라면 사십 개들이 박스 다섯 개 가져다달라고요."

"박스에 번짐이 있다고 반품하는 사람이 어딨어요. 라면 팔았지 박스 판 거 아닙니다."

실랑이가 한참 이어졌지만 대리점 사장은 완고했다. 결국 포기하고 다른 대리점에 전화를 걸었다. 사장은 걱정하지 말라며 몇 시간 만에 배달을 해줬는데 똑같이 인쇄가 흐리고 번짐이 있었다.

상자를 뜯어 제조 공장 식별 코드를 확인하니 안양 공장에서 만든 제품이었다. 같은 시기에 같은 라인에서 나온 상자는 전부 같은 문제가 있는 듯했다. 근방의 대리점은 전부 안양 공장에서 물건을 받았다. 나는 구미 공장에서 물건을 받는 구미의 한 대리점에 주문을 넣었다. 당연히 거리에 비례해 꽤 많은 배송비가 추가됐다. 하지만 결과는 똑같았다. 라면 공장에서는 라면만 만들지 박스를 만드는 건 아니기 때문이었다. 같은 시기에 생산된 라면은 인쇄가 흐리고 미세한 번짐이 있는 같은 박스를 사용하고 있었다.

이런저런 시도를 했다. 조금 나은 상자가 오기도 했지만 그것 역시 어딘가 마음에 안 들긴 마찬가지였다. 며칠 만에 선반이 신라면 박스로 가득찼다. 결국 기우란 할머니에게 갖다 드릴 라면 다섯 박스는 찾아내지 못했다.

라면은 정말 어려운 물건이었다.

머리를 싸매고 책상에 앉았다. 언젠가 배치 크라우더가 이런 모습으로 앉아 있던 일이 생각났다. 그땐 왜 그랬지? 기억나지 않았다. 무슨 일이래도 그럴 만했을 것이다. 장사가 그렇게 어려운 거였다.

누군가 문을 열고 가게에 들어왔다. 장사 안 한다고 말하려고 했는데, 물건 사러 온 사람이 아니었다. 그때 왔던 위원회 여자였다. 눈매가 여전히 무서웠다. 오늘은 선글라스도 쓰지 않았고, 문밖에 검은 차들도 보이지 않았다.

"오, 바쁘신가보네요."

여자가 라면 박스로 가득찬 선반을 둘러보며 말했다.

"라면 구하시는구나. 늦게라도 잘못된 일을 바로잡는 건 중요하죠. 근데 라면 어렵잖아요. 쉽지 않을 텐데."

"어쩐 일이시죠?"

"사장님 때문에 고생 많으시다고 들었습니다. 그래도 이제 면회하기 편하겠어요. 구치소에 들어가서."

"걱정해주셔서 감사합니다."

"감사는요, 무슨. 저희가 하는 일이 그런 건데요. 사람들 걱정하고 살피는 거죠. 구치소에도 면회 한번 가실 거죠? 여기서 가려면 버스 두 번 갈아타야 하고 좀 먼데. 차는 없으시잖아요. 그냥 같이 구치소 들어가 있으면 편할 텐데 말이죠. 같은 사동 아니라도 운동 시간에 잠깐씩 얼굴 볼 수 있을 거예요. 여기서 거기 왔다갔다하는 것보다는 그게 편하겠다, 그죠?"

"……"

"뭔 소린가 싶은 표정이네요. 박치국씨 지금 업무방해로 들어간 거잖아요. 근데 구천구씨는 이 가게 직원이고. 그럼 당연히 공범인 거 아니에요? 그렇게 생각 안 했다면 너무 순진한데."

"사장님이 가게에서 한 일에 제가 전부 공범 맞아요. 그래서요? 라면 때문에 사람 잡아넣는 게 이상한 거죠."

"이상하다……"

여자가 내 말꼬리를 이어받더니 음미하듯 되뇌었다.

"이상하다라…… 이상하죠. 이상하다면 이상한 일이에요. 근데 세상에 이상한 일이 얼마나 많아요. 뉴스만 봐도 하루가 멀다 하고 이상한 일이 일어나는 게 세상이에요. 자꾸 이상하다 이상하다 하면 이상한 일도 이상한 건지 안 이상한 건지 헷갈리게 마련이죠. 실종됐던 백종원이 다시 나타나서 대통령 출마를 선언한다? 이상한 것 같아도 실제로 일어난 일이죠. 업무방해로 감옥에 간 마트 사장이 있다? 별로 안 이상한데. 멀쩡하게 가게 차려놓고 장사를 안 하는 사장이 있다? 이건 좀 이상하다. 금고 안에서 영영 사라진 도둑이 있다? 이건 확실히 이상해. 그러니까 사장이 구속되고 직원이 공범으로 연이어 잡혀들어가는 거, 천구씨 말대로 이상한 일 아니에요."

"어쩌라고요. 그럼 잡아가세요."

"그건 너무 쉽죠. 배치 크라우더 같은 유명 인사 손목에 수갑 채우겠다고 하면 자기가 하겠다는 직원이 줄을 설 거예요. 그런데 천구씨는 귀찮은 서류 뭉치 한 덩어리밖에 안 돼요. 그래서 내가 모범답안을 가져왔어요. 우리 쪽 일도 수월해지고, 천구씨도 감옥 안 가도록요."

궁금하지 않았다. 뭐가 됐든 더러운 제안일 게 분명했다. 감옥에 가고 싶진 않지만, 사장님을 배신할 생각은 없었다. 그게 아니라 어떤 일이래도 위원회가 제안하는 것은 싫었다. 나는 고개를 돌려 입에 침을 모으기 시작했다. 낌새를 알아차린 여자가 움찔했다.

"저한테 침 뱉으면 평생 감옥에서 못 나오게 할 겁니다."

여자가 뒷걸음질치며 말했다.

"후회할 거예요. 무슨 제안인지 들어보지도 않았잖아요."

그는 다급하게 손까지 내저으며 물러났다. 나는 더이상 친절을 베풀 생각이 없었다. 그 누구에게도.

"꺼져."

그는 발밑에 명함 한 장을 내려놓더니 두 손을 들었다. 내가 무슨 총이라도 겨눈 것처럼 엄살이 심했다. 총이 아니라 침이라고. 맞아도 안 죽어. 여자가 손을 든 채 말했다.

"제가 원하는 건 하나예요. 배치가 저 안에 베드로의 어구 같은 건 없다고 했죠? 장사꾼의 뻔한 말장난입니다. 저기에 물건은 없어도 그걸 가져올 단서는 있어요. 잘 생각해보세요. 인생을 걸 만한 직장인지."

입술 사이로 침이 날아가려는 순간 여자가 문밖으로 도망쳐 나갔다. 그가 놓고 간 명함을 집어들었다. 소속도 이름도 없이 전화번호만 적혀 있었다. 구겨서 문밖으로 던져버렸다.

여자가 돌아간 뒤 선반을 정리했다. 그나마 인쇄가 선명하고 번짐이 적은 다섯 박스를 고르기 위해 물건 하나하나를 일일이 검수했다. 박스를 자꾸 들었다 놨다 하다보니 안에서 들려오는 소리가 미묘하게 다르다는 걸 알았다. 비닐 포장 속의 면이 부서진 정도에 따라 심각한 것은 모래주머니 같은 파열음이 났다. 고려해야 할 사항이 하나 늘었다.

어쩌자고 라면 같은 어려운 물건을 주문받은 건지.

배고파서 라면이나 하나 끓여먹을까 하는데 문밖에서 차 소리가 났다. 정말 집요한 인간이군. 입에 침을 모으며 성큼성큼 걸어갔다. 저쪽에서 열기 전에 내가 먼저 벌컥 문을 열었다.

위원회 여자가 아니었다. 복수를 주문했던 손님이었다. 입에 모았던 침을 꿀꺽 삼켰다.

"아, 오셨군요."

챙이 넓은 모자, 끝이 뾰족한 안경, 또각거리는 소리를 내는 구두까지 전부 그때와 같은 차림이었다. 하지만 그때처럼 긴장되지는 않았다. 이제 나를 주눅들게 하려면 총 든 사람이

다섯 명은 와야 한다. 그중에 한 명은 침도 뱉어야 하고.

"사장님이 잡혀가셨다면서요? 그럼 제 주문은 어떻게 되는 건가요?"

나는 일부러 더 밝게 웃으며 대답했다.

"배치 크라우더가 없어도 〈킹 프라이스 마트〉는 건재합니다. 고객님의 주문은 언제나 최우선 순위니까요."

뻥이었다. 라면이 일 순위고, 그다음이 복수였다.

"전 고소 같은 거 안 해요."

손님의 말투는 부드러웠다.

"어떤 일이 있어도 저는 이해할 수 있어요. 저한테 복수를 갖다주시기만 하면 돼요. 조금 늦게 도착해도 상관없어요."

너무 오랜만에 마주한 호의에 눈물이 날 것 같았다. 그래도 라면이 일 순위다.

가게 구석에 펴놓은 라꾸라꾸 침대에 누워 천장에 달린 형광등을 감상했다. 불이 꺼진 후에도 빛이 잔류하듯 꿈틀대는 것이 살아 있는 생물처럼 느껴졌다. 만일 내가 형광등이고 높은 곳에 매달린 채 하루종일 온몸에 전기를 통과시켜야 한다면 일과가 끝난 뒤 울컥울컥 남은 빛을 토해내지 않을 도리가 없을 것 같긴 했다. 엄마에게서 아무런 연락이 오지 않아 불안했지만 한편으로는 후련하기도 했다. 씨발. 엄마에게 그 한 마디를 하는 데 이십칠 년이 걸렸다. 남들이 부모와 어떤 상호작용을 하며 사는지 정확히 알지는 못하지만 어쨌든 우리 집 기준으로 보면 평생의 연이 끊어지는 정도의 사건임이 틀림없었다. 그래도 집에 들어가지 않은 지 벌써 일주일이 넘었는데 안부는 아니더라도 생사 확인의 절차가 한 번쯤은 있어야 하지 않나 생각도 들었다. 가슴이 땅 밑으로 가라앉는 기분이 들다가도 오히려 잘됐다며 나 자신을 위로했다.

미래가 갑자기 너무 빠르게 닥쳐온 것 같았다. 언젠가는 나도 집에서 나와야 한다는 생각을 안 해본 건 아니었다. 혼자만의 공간에서 성모마리아도 베드로도 미카엘도 가브리엘도 라파엘도 (억조창생 여사도) 없이 혼자 무릎 꿇고 기도하고 가끔은 절에도 가고 짜장면과 탕수육을 시켜 혼자 다 먹어도 아무도 눈치 주지 않는 생활을 꿈처럼 그려보기도 했다. 하지만 그런 생활을 어엿하게 해낼 수 있으리라고 기대하기엔 아무도 내게 그런 기대를 보내지 않았고 나도 내가 힘들었다. 반 배치 고사를 실시한대서 돼지머리에 꽂을 지폐를 가져갔다가 무당집 아들답다며 놀림거리만 됐다. 경시대회가 있는 날은 사람을 존나 경시하는 무례한 새끼들이 떠올라 문제는 하나도 못 풀고 화만 내다가 종이 쳤다. 그런데 어쩌다보니 이렇게 혼자가 됐다. 내가 떠안은 짐이 너무 많다고 느껴졌다. 라면과 복수와 배치 크라우더…… 위원회…… 문득 코끼리 아저씨처럼 아무것도 바라지 않고 집도 없고 절도 없이 길 위에서 지내는 삶이 아름답게 느껴졌다. 하지만 그의 삶도 지독하게 외로울 것이다. 사람들은 자신이 가져보지 못한 것을 선망하지만 막상 그것이 자신에게 주어지면 누가 도로 가져갔으면 하고 바라곤 하니까.

그래도 바라던 대로 혼자가 됐는데 미룰 것 없이 해보고 싶었던 것을 하기로 했다. 침대에서 내려와 무릎을 꿇었다가 무릎이 배겨서 침대에 다시 올라가 무릎을 꿇었다. 내가 아는 기도문이라고 해봤자 몇 개 되지 않아서 전부 한 번씩 외워보고, 성모송은 두 번 더 했는데 마음이 오히려 어지러워졌다. 기도할수록 자꾸만 내가 뭘? 싶었다. 깍지 끼고 모은 두 손이 주먹인 것만 같고 휘두르고 싶었다. 나한테 왜 그래? 기도를 처음부터 새로 시작해야 했다 주여 사랑의 주여 자비로우신 주여 거룩하신 주여 주여…… 주여…… 반성하자 화내지 말자 고백하자 전능하신 하느님과 형제들에게 고백하오니 생각과 말과 행위로 죄를 많이 지었으며 자주 의무를 소홀히 하였나이다 제 탓입니까 제 탓입니까 그게 다 제 탓이옵니까 그러므로 간절히 바라오니 평생 동정이신 성모마리아와 모든 천사와 성인과 형제 들은 어디 계시는지 전혀 모르겠는데요.

주여, 오 주여.

염려하고 살피시는 주여.

이 씨발 새끼야.

그때 콰광 소리가 나며 벽이 흔들렸다.

와 시발 반응 존나 빠르네 죄송합니다 진짜 죄송합니다 제가 잘못했어요. 다시 콰광 소리가 났다. 소리는 문 쪽에서 나고 있었다. 나는 침대에서 내려와 선반 뒤로 숨었다. 다시 한 번 콰광 소리가 나더니 문고리가 떨어져나가고 끼익 소리를 내며 그림자 두 개가 가게 안으로 밀려들었다. 저렇게 그림자부터 불쾌한 인간은 흔하지가 않다. 창문으로 들어온 희미한 달빛만으로도 그 얼굴을 알아볼 수 있었다. 이구와 칠구였다.

10

너무 어둡잖아

"여기 불 켜는 데 어딨냐?"

"불을 왜 켜. 도둑질하러 왔다고 광고하게?"

"너무 어둡잖아."

"후레쉬 켜 새끼야."

딸깍 소리가 나더니 이구의 손에서 광선이 나왔다. 칠구였을 수도 있다. 나는 선반 아래에 바짝 엎드린 채 숨을 죽였다.

"별거 없는 거 아니야? 세콤도 없는데."

"이 동네에 세콤 있는 집이 어딨어. 출동해서 오려면 한 시간도 더 걸리는데."

"침대 뭐냐, 이거?"

"어휴, 홀애비 냄새. 배치 크라우더 그 인간도 지지리 궁상이다. 돈이 그렇게 많다면서 웬 라꾸라꾸냐."

"천구 새끼 월급이나 제대로 받고 다녔는지 모르겠다. 그래서 어른들이 공부 열심히 해서 대기업 가라 그러는 거야."

"걔 요새 뭐하는데? 집에서도 통 못 봤다."

"모르지. 지네 사장님 옥바라지라도 하고 있을지. 병신 새끼."

두 사람은 내가 엄마를 들이받은 일을 모르고 있는 듯했다. 적어도 엄마가 나를 잡아죽이라고 보낸 자객은 아니었다. 그냥 지들이 늘 하던 대로 나쁜 짓이나 하러 온 거였다. 뻔뻔하게 복면조차 뒤집어쓰지 않았다.

"저깄네. 금고."

"빠루로 열리겠어? 존나 큰데."

"빠루만 챙겨왔겠냐? 이 새끼는 기본이 안 돼 있어."

"너 금고 열어봤어?"

"몇 개 따봤지."

"언제? 너 나 몰래 일하고 다녔냐?"

"너 학교 가 있을 때. 아무렴 내가 의리도 없이 너 빼고 다녔겠냐. 우리가 형젠데."

저게 열릴까? 차라리 라면이나 몇 박스 가져가는 게 나을 것 같은데. 칠구가 어깨에 멘 가방을 내려놓자 쇳소리가 절그

럭 났다. 이구였을 수도 있다. 그라인더와 해머 드릴이 닿자 금고가 귀를 찢을 듯한 쇳소리를 냈다. 하지만 이 밤에 온갖 난리를 쳐도 신고하는 사람은 없을 것이다. 그런 동네였다. 사고를 치면 억조창생네 쌍둥이려니 하고, 경찰도 이 동네 출신이라 조사래봤자 하는 둥 마는 둥 했다. 쓸데없는 짓을 했다가 보복당하고 싶지는 않을 테니까. 이 동네 사람 누구에게나 치명적인 허물 몇 개씩은 있었다.

펑.

금고에 들이대던 그라인더가 터지며 이구가 뒤로 나자빠졌다. 이구인 줄 확실하게 아는 건 펑 소리가 나는 순간 불꽃이 환해지며 얼굴을 비췄기 때문이다. 칠구는 아랑곳 않고 해머 드릴을 같은 자리에 눌러 박고 있었다. 씩씩대며 일어난 이구가 빠루를 들고 금고를 향해 돌진했다. 괴성을 지르며 빠루를 내리쳤다. 휘두를 때마다 티끌 같은 불꽃이 튀어올랐다. 이구의 고함, 빠루 내리치는 소리, 해머 드릴의 진동까지 합쳐져 〈킹 프라이스 마트〉는 지옥처럼 들끓었다. 선반 아래에 엎드린 채 귀를 막은 내가 있어 지옥도가 완성됐다. 저 둘만 있었으면 나름 축제의 현장처럼 보였을지도 모른다.

한참을 금고와 씨름하던 두 사람의 동작이 일순 멈췄다. 침착하게 열중하던 칠구도, 미친놈처럼 날뛰던 이구도 깨달은 거다. 이래서는 답이 안 나온다는 걸.

칠구가 가방에서 캠핑용 가스 랜턴을 꺼내 밝혔다. 쌍둥이의 온몸이 땀에 젖어 있는 게 보였다. 마트 안에 어스름한 빛이 번졌다. 나는 벌레처럼 기어 선반 밑으로 숨었다. 내 그림자가 둘의 눈에 띄지 않아야 했다. 발각되면 엄청나게 괴롭힘을 당할 게 뻔했다. 알지도 못하는 금고의 비밀번호를 대라고 고문…… 고문을 하지는 않겠지. 사람인데. 동생이라서가 아니라 사람인데 고문까지 하겠어?

할지도 모른다. 옴짝달싹 못하게 책상에 나를 짓눌러놓고 그라인더로 손가락을 자르겠다고 위협할지 모른다. 진짜 진짜 아는 게 없는 나는 덜덜 떨며 살려달라고 외쳐야 할 것이다. 진짜로 손가락을 자르진 않겠지만. 않겠지? 사람인데 사람 손가락을 막 자르고 그럴까? 하지만 세상에는 그런 사람들이 있다. 사실 나는 저들이 사람을 죽인 적 있다고 고백해도 놀라지 않을 것 같다.

죽이진 않을 거다. 어쩌면 내가 비밀번호를 알고 있을 거라는 일말의 가능성을 포기하지 못할 테니까. 너무 어리석어서 홧김에 죽여버릴 수도 있지만. 아니 근데 진짜 막말로 죽이기야 하겠어? 그래도 절반은 피를 나눈 사인데.

사실 나는 금고의 비밀번호를 알아낼 수 있다. 당장은 알지 못하지만 어떻게든 알 수 있다. 당신의 전화번호도 맞힐 수 있다. 당신이 누구든 간에. 무한의 시간이 주어진다면 무한의 숫자를 넣어서 저 문을 열 수 있다. 당신의 전화벨을 울리게 할 수 있다. 그게 세계가 만들어진 원리니까. 저놈들은 죽었다 깨어나도 알 수 없다. 무한의 시간이 주어져도 해내지 못할 것이다.

유한의 시간에 갇힌 칠구가 금고 앞에 주저앉았다. 뒷주머니에서 담뱃갑을 꺼내더니 담배 두 개비를 입에 물었다. 라이터가 칙 소리를 내며 불을 밝혔고, 끝이 빨갛게 달아오른 담배 한 개비를 이구가 가져갔다.

"이거 안 열리겠지?"

"통째로 떠갈 수 있는 크기도 아닌데. 포클레인으로도 안 되겠다."

둘은 말없이 담배를 피웠다. 필터가 타기 직전에 손가락 두 개로 꽁초를 튕겼다. 포물선을 그리며 날다가 땅에 떨어진 꽁초가 또르르 굴러서 내 앞까지 왔다. 기분 나쁜 탄내가 역겨워 코를 막았다.

"무슨 영화 같은 데서 봤는데, 거기 나오는 도둑이 그러더라고. 지는 딱 한 개만 털고 싶다고. 평생 다시 도둑질 안 해도 될 만큼 끝내주는 거 딱 한 개만 털고 은퇴하고 싶다고. 근데 난 아닌 거 같아. 할 수 있을 때 열심히 해야지 놀면 뭐할 거야. 끝내주는 거 털었어도 다음에 또 털 게 있다. 보이스 피싱 같은 것도 해보고 싶어. 말 몇 마디로 사람 갖고 노는 거 재밌을 거 같지 않냐."

"재밌겠다."

"재밌겠지."

"필리핀에 풀 빌라 두 개 붙어 있는 거 사서 하나씩 쓰자. 한국에서 오는 돈으로 하고 싶은 거 다 하고 살고. 천구 새끼 송금책 시키면 되겠다."

"그래. 한국에 한 명 박아놓긴 해야지. 근데 그 새끼가 하겠어?"

"안 하면 존나 패버리자. 할 때까지 패고, 패놨는데 안 하면 다시 한국 와서 또 패는 거야. 살려달라고 빌 때까지 패면 지도 살려고 시키는 대로 하겠지."

"그러다 도망가면?"

"도망가면 가는 거지 뭐 씨발, 알 게 뭐야. 종식이든 누구든 시키면 되지."

저 새끼들. 어쩌면 내 손가락을 자를 수도 있다. 죽일 수도 있고. 갑자기 배꼽 아래 무언가가 배배 꼬이는 듯한 기분이 들었다. 그리고 뜨거웠다. 당장 살갗을 뚫고 뭔가가 쏟아져나올 것처럼 뱃속이 뜨거웠다. 어쩌면 이건 분노다. 평생 같은 자리에 있던 것이 처음 눈을 뜬 것처럼 맹렬했다.

"거기 가선 일 안 하냐?"

"해야지. 돈 되는 거 있으면 뭐든 또 해야지. 놀면 뭐해. 안분지족이라고 모르냐. 만족하는 순간 좆되는 거야. 남보다 한참 뒤처지는 거라고."

안분지족 너도 모르네.

"집에 가자. 좆도 열려야 뭘 훔치든 말든 하지."

"라면이나 몇 박스 가져갈까?"

"줘도 안 먹어 씨발. 불이나 지르고 가자."

칠구가 가방에서 생수병을 꺼내 이구에게 던졌다. 뚜껑을 열어 냄새를 맡아본 이구가 기분이 좋아진 표정으로 고개를 끄덕였다. 두 사람은 말없이 라면 박스에 기름을 쭉쭉 뿌리며 다녔다. 상자 겉면의 잉크가 조금 흐리고 번지긴 했지만, 그래도 누군가에겐 필요한 라면이었다. 이곳저곳에 전화를 걸어 다섯 박스씩 받아 쌓아놓은 내 라면. 뱃속의 뜨거운 것은 어느새 장기를 타고 올라와 목을 찌르고 있었다. 숨을 들이쉴 때마다 머리가 돌아버릴 것 같았다.

칠구가 금고 앞에 서더니 바지를 내리고 고추를 내놓았다. 과장되게 몸을 좌우로 흔들었다. 으으, 기분 나쁜 소리를 냈다. 곧이어 졸졸졸 물줄기 소리가 들렸다. 칠구가 오줌과 함께 함성을 발사했다.

"배치 크라우더 이 개새끼야!"

그러자 끼이익 소리를 내며 금고의 문이 열리기 시작했다.

젠장. 저건 분명 사장님이 금고를 여는 방식이 아니었다. 금고가 스스로 문을 열고 있다는 걸 느낄 수 있었다. 파리가 다가오면 입을 벌리는 파리지옥처럼 금고가 열렸다. 하필 칠구의 그런 말에 반응한 이유는 알 수 없었다. 장사꾼이라면 다니는 곳마다 원한 몇 개씩은 적립하기 마련일 텐데, 금고도 원한을 갖고 있을 줄이야. 사장님과 금고는 사이가 좋지 않았던 모양이다.

오줌을 끊지 못한 칠구가 뒤뚱대며 물러났다. 워낙에 큰 금고라 문이 활짝 열리는 데 시간이 필요했다. 기름을 뿌리던 이구도 벙찐 표정으로 멈춰 섰다. 당황하고 놀라기는 내가 제일이었다. 뱃속에서 부글거리던 분노도 다 사라지고 등줄기에 식은땀이 흘렀다. 저 안에 뭐가 있든, 저 새끼들이 털어가게 둘 수는 없었다.

"배치 크라우더 이 개애애새끼야아아."

이구가 활짝 열린 금고 앞에서 큰 소리로 외쳤다. 금고가 끼이익 소리를 내며 닫혔다. 입을 크게 열어젖혔다가 다물어버리는 것이 지옥을 지키는 개 같았다. 모든 걸 삼켜버릴 듯한 그 모습에 소름이 돋았다. 칠구가 바지춤을 올리더니 오른손을 높이 들었다. 짝! 이구도 오른손을 들어 멋진 하이파이브를 완성했다.

"배치 크라우더 이 개존만한 새끼야!"

누구의 목소린지 모르겠지만, 그 소리에 다시 금고의 문이 열렸다.

"안에 뭐 있냐?"

"씨발, 하나도 안 보여. 후레쉬 비춰봐."

"이게 뭔 금고냐. 완전 방인데? 들어가서 싹 뒤져봐야겠다."

두 사람이 금고 안으로 들어갔다. 나는 낮은 포복으로 선반 밑에서 빠져나왔다. 이구가 바닥에 뿌린 휘발유가 묻어 옷이 축축해졌다. 냄새도 났다. 기름냄새가 머리를 어지럽게 하는데 기분이 나쁘진 않았다. 기회는 한 번뿐이다. 저 새끼들을 저기에 가두고 경찰을 불러야 한다. 그래도 될까? 저기 있는 중요한 물건을 경찰이 다 봐도 되는 걸까? 뭐가 있는지는 모르겠지만. 베드로의 어구가 마침 저기 있어서 위원회가 홀랑 가져가버리는 건 아닐까? 그렇다면 또다른 방법이 있다. 저 새끼들을 저기에 가두고, 그냥 가둬두는 거다. 배치의 말이 생각났다. 저 안에 갇히면 진공 발생기가 작동한다. 버틸 수 있는 시간은 칠 분이다. 두 명이 들어갔으니 절반인 삼 분 삼십 초, 덩치가 큰 놈들이니 그보다 짧은 시간 안에 산소를 다 써버릴 것이다. 그럼 재들은 죽는다.

죽는다. 세상에서 없어진다. 그건 상관없다. 저런 새끼들은 없어지는 게 세상에 더 나은 일일지 모른다. 그런데 내가? 내가 그 문을 닫는다? 그건 상관있다. 사람을 죽이고도 멀쩡하게 살 수 있을까?

"다음에 천구 새끼 나타나면 여기 데려와서 가둬버리자."

"오, 굿 아이디어."

두 사람은 금고 속의 선반을 뒤지고 있었다. 말소리가 동굴에 있는 것처럼 울렸다.

상관없을 듯.

살 수 있을 듯.

허리를 굽히고 책상 뒤로 후다닥 뛰어갔다. 낮은 목소리로 속삭이듯 외쳤다.

"배치 크라우더 개새끼야."

금고는 미동도 하지 않았다. 귀가 밝은 금고는 아닌 듯했다. 나는 배치 크라우더를 개새끼라고 생각하지 않았다. 사장님께 다소 죄송스러운 암호였다. '열려라 참깨' 같은 거면 얼마나 좋아. 목소리를 조금 높였다.

"배치 크라우더 개새끼야."

정적.

"야, 지금 무슨 소리 나지 않았냐?"

"그러게. 밖에서 난 것 같은데."

큰일이다. 이젠 이판사판이다.

"배치 크라우더 이 개새끼야! 씨발!"

큰 소리로 외쳤다. 눈앞에 보이는 빠루를 손에 잡고 뛰었다. 쌍둥이 놈들도 무슨 상황인지 깨달은 것 같았다. 문 앞에서 칠구가 넘어지고, 뒤따라오던 이구도 중심을 잃었다. 문 닫히는 속도가 너무 느렸다. 하지만 쌍둥이는 금고 안, 나는 밖이다. 칠구를 넘어 금고 밖으로 나오려는 이구를 향해 빠루를 휘둘렀다. 이구는 팔을 뻗어 빠루를 막아냈지만 빡, 소리가 났다. 고통스러운 비명을 지르며 뒤로 나자빠진 이구 밑에서 넘어졌던 칠구가 일어섰다. 그놈이 외쳤다.

"배치 크라우더 개새끼야."

금고가 끼익, 소리를 내더니 방향을 바꿨다. 문이 다시 열리기 시작했다.

하, 이건 생각 못했네.

"배치 크라우더 개새끼야."

나도 외치고 칠구에게 일격을 날렸다. 대가리를 빠루로 찍

듯이 내리쳤는데 살짝 엇나가 어깨를 강타했다. 쇳덩이를 쥔 내 손 역시 반작용으로 얼얼했다. 칠구는 씩씩대더니 허리춤에서 뭔가를 꺼냈다. 반짝였다. 칼이었다.

"구천구 개새끼야."

문밖으로 나오지 못하게 해야 한다. 야구 선수처럼 빠루를 휘둘렀다. 빠루가 달려오던 칠구의 목을 강타했다. 림보 막대기에 걸려 넘어진 사람처럼 칠구가 나동그라졌다. 구천구 개새끼야, 로는 문을 열지 못한다. 주문이 틀렸잖아 멍청아.

눈이 뒤집어진 채 숨을 몰아쉬는 칠구를 넘어, 증오로 가득한 눈으로 나를 향해 달려들 준비를 하는 이구 쪽으로 갔다. 이젠 나도 금고 안이었다. 문이 완전히 닫히기까지는 삼분의 일 정도 남았다. 이구가 조금만 똑똑한 새끼면 지금이라도 '배치 크라우더 개새끼야'를 외칠 텐데, 멍청해서 아무 의미 없이 구천구를 저주하는 말만 내뱉었다. 이구의 대가리를 축구공이라고 생각하고 강하게 발로 찼다. 통나무처럼 털썩, 이구가 쓰러졌다. 이제 이 둘을 두고 탈출해야 한다. 그런데 이래도 되는 걸까? 얘들은 이제 죽는다. 금고가 닫히고, 숨을 몰아쉬다가 목을 부여잡는다. 눈에서 실핏줄이 터지고, 폐는 울혈로 가득찬다. 그래도 될까? 내가 사람을 그렇게 만들어도 되는 걸까?

그래선 안 될 것 같다. 그건…… 그건 좀 아닌 것 같다. 그렇게는 내가 평생 살 수가 없을 것 같다. 이 분만 있다가 문을 열자. 문을 열고 또 패주자. 덤비지 못하게. 그래도 덤비면 문을 또 닫고. 일단 여기서 나가자. 문이 닫힐수록 빛이 줄어든다. 칠구를 밟고 나간더헉어ㅓ. ㅓ. *허벅지가 뜨겁다.* 숨도 쉬지 못하고 앞으로 고꾸라졌다. 고개를 돌려 뒤를 보니 칠구가 웃고 있었다. 입에 피를 가득 문 채 내 허벅지를 칼로 찔렀다. 외쳐야 한다. 배치 크라우더가 개새끼라고. 그런데 말을 할 수 없다. 숨이 쉬어지지 않는다. 문이 점점 닫히고 있다. 기어나가려는데 발목이 무겁다. 칠구가 나를 붙들고 있다. 당긴다. 나를 안쪽으로. 금고 안의 어두운 곳으로. 씨발 좆됐다. 숨을 고르고, 소리쳤다.

"배히 흐랋ㅢ 갱흟ㅎ희ㅑ."

고통 때문에 제대로 된 문장을 뱉을 수 없었다. 빛의 면적이 점점 선으로 변했다. 칠구가 내 뒤에서 흐흐 하며 웃었다. 쿵, 소리와 함께 문이 닫혔다. 갇혔다. 방금 내가 후드려 깐 새끼들과 함께 코끼리만한 금고에 갇혀버렸다. 플래시 두 개의 불빛은 의미 없이 벽을 비추고 있었다. 모터 돌아가는 소리가 들렸다. 금고 안의 공기가 빠져나가고 있었다. 이구의 신음하는 소리가 배음처럼 어둠 속에 깔렸다.

"천구야, 니가 오늘 내 손에 죽고 싶구나."

칠구의 목소리가 울렸다. 정말 그런가? 나에게 물었다. 구천구, 너는 오늘 구칠구에게 죽고 싶냐? 나는 대답했다. 아니.

"아니."

"네가 정하는 게 아니야."

칠구의 발음이 새어나왔다. 입에 피를 잔뜩 물고 있어서인 듯했다.

"네가 정하는 것도 아니야."

내가 말했다.

"이 금고는 침입자를 용납하지 않아. 저 소리 들려? 여기는 곧 공기 한 모금 마실 수 없는 상태가 될 거야. 우리 셋이 여기서 헐떡대고 있으니까, 남은 시간은 이 분 남짓이다. 너는 아무것도 정할 수 없어."

"뭐? 배치 크라우더 개새끼야. 배치 크라우더 개새끼야. 배치 크라우더 이 개새끼야아!"

"소용없네. 나도 그게 궁금했는데. 아무 소리도 밖으로 나가지 못해서, 금고도 네 목소리를 못 듣나보다. 우린 여기 완전히 갇혔고 이렇게 죽을 거다, 칠구야."

그 말을 하자마자 호흡을 잘 할 수 없었다. 기적을 바랄 수는 없었다. 금고는 어차피 자기가 열리고 싶을 때만 열릴 것이다. 우리를 가두고 싶어서 가둔 것처럼. 그렇다면 더더욱 희망은 없는 거다. 파리를 입에 넣은 파리지옥이 자비를 보여주는 경우는 드무니까. 이렇게 영영 가버리는 거다. 내가 가장 함께 있기 싫은 사람 둘과 함께 최후를 맞이한다니.

"너희는 정말 좆같은 새끼들이었고, 죽어서도 영영 괴롭길 기원한다."

"좆 까. 나는 나갈 거야."

이구의 목소리였다. 배를 땅에 깔고 기어가는 소리. 쇠를 주먹으로 쾅쾅 두드리는 소리. 아무 의미 없는 소리들. 이렇게 모든 이야기가 끝난다. 산소가 점점 희박해지는 게 느껴졌다. 힘겹게 숨을 내쉬었는데, 들이쉬어지지가 않았다. 컥. 컥. 어둠만 가득한 금고 안에서 눈앞이 더 검어졌다. 칠구도, 이구도 비슷한 소리를 냈다.

그때, 몸이 공중으로 떠올랐다. 바닥에 있던 플래시도 함께. 이구도, 칠구도, 천구도 허공으로. 세 구의 눈이 마주쳤다. 아무것도 이해할 수 없었다. 도대체 무슨 일이 일어나고 있는 건지.

11

하지만 무슨 일인가 일어났다

지금도 이해할 수 없다. 무슨 일이 일어난 건지. 하지만 금고 안에서 무슨 일인가 일어났다. 나는 밖으로 나왔다. 아무 소리도 외치지 않았고, 아무것도 만지지 않았지만, 기다렸다는 듯이 문이 열렸고, 땅을 딛지 않은 채 빠져나왔다. 홀로. 나는 다른 것이 돼 있었다. 구천구가 아니었다. 구^{3}이었다. 나는 알았다. 내가 된 것이 그것이라는 걸. 나를 부르는 이름은 구^{3}이어야 한다는 것을 본능적으로 알았다. 누가 가르쳐 주지 않아도 태어나자마자 울음을 터뜨리는 아이처럼, 나는 내 이름을 알았다.

구^{3}이었다.

기억을 최대한 더듬어볼까. 내가 구^{3}이 되기 직전의 일을. 금고 속에서 숨이 막혔고 서서히 몸이 공중으로 떠올랐다. 주머니에서 뭔가가 꿈틀거렸다. 배치 크라우더와 저수지에서 낚시를 했을 때 낚아올린 팔꿈치였다. 그게 거기 있다는 것조차 잊고 있었다. 내 주머니를 빠져나온 팔꿈치는 수생생물처럼 자유롭게 공중을 유영했다. 뭍에 나온 지 한참이라 마르고 쪼글쪼글해진 모습이었다. 그것에게는 눈이 없었지만 무언가를 보는 것처럼 내게 오고, 칠구에게 가고, 이구도 한번 둘러봤다. 그리고 무언가 결심이라도 한 듯, 내 팔꿈치에 와서 찰싹 달라붙었다. 그뒤로는 기억나지 않는다. 호흡이 끊겨 의식을 잃었으니까. 정신을 차렸을 때 나는 구^{3}이었고, 금고는 내가 원하는 대로 열리고 닫혔다.

이구도, 칠구도 없었다. 한편으로 두 사람은 나와 함께 있는 것이기도 했다. 나는 구이구와 구칠구와 이전의 나 구천구까지 구가 셋 모여 이뤄진 구^{3}으로, 나의 형태는 완벽한 구체로서 앞뒤 좌우를 분간할 수 없고 먹는 입과 말하는 입이 따로 없으며 먹지 않아 싸지도 않으므로 나가는 구멍 또한 존재하지 않았다. 나는 구^3. *완전한 구체.* 입 없이 말하고 머리 없이 생각하며 떠다니는 존재. 나는 이런 내가 좋지도, 싫지도, 불만스럽지도, 자랑스럽지도 않았다. 나는 그저 구^{3}이고, 완벽한 구체이고, 발 딛지 않고 다니는 곡면의 존재, 그뿐이었다.

금고에서 나와 어질러진 마트를 정리했다. 이구와 칠구의 공구를 치우고, 마른걸레를 가져다 바닥에 뿌려진 휘발유를 닦았다. 겉에 기름이 묻은 라면 상자를 골라 박스를 뜯어내고 낱개의 라면을 정리해 선반에 놓았다. 필요로 하는 사람이 있을 것이다. 여차하면 당근마켓에 싸게 내놓아도 된다. 손 없이도 전부 할 수 있는 일이었다. 아래위로 떠다니며 그간 모은 라면 박스들을 살폈다. 작은 허물도 멀리서 보면 아무것도 아니었고 큰 번짐은 더 멀리서 보면 다른 무늬와 다를 바 없었다. 일체가 라면 박스일 뿐이었다.

내일은 기우란 할머니를 뵈러 가야겠다.

12

이런 내 모습을 할머니는 어떻게 생각하실까

신라면 사십 개들이 다섯 박스. 총 이백 개의 라면. 구^{3}이 된 나는 손 없이 이백 개의 라면을 나를 수 있었다. 브레이크 타임에 찾은 〈미륵 떡볶이〉 앞에서 한참을 망설였다. 이런 내 모습을 기우란 할머니는 어떻게 생각하실까. 놀라서 국자를 들고 쫓아낼까봐 겁이 났다. 할머니가 사장님을 감옥에 보낸 꼴이 됐지만, 본인도 그런 걸 원한 건 아니었을 것이다. 위원회는 구실이 필요했고 할머니가 때마침 고소장을 낸 것뿐일 거다. 지금 이 오해를 풀 수 있는 사람은 나밖에 없다.

생각만으로 〈미륵 떡볶이〉의 미닫이문을 열었다. 파리채를 들고 있던 할머니의 눈이 나를 향했다. 눈 없이 보는 내게 눈이 있다면 우리 둘의 눈은 마주쳤을 것이다. 할머니의 입이 달싹달싹하다가 마침내 움직였다.

"아이고, 천구 이놈아."

할머니의 눈시울이 붉어졌다. 전부가 몸인 내게 달려와 품 없는 나를 안아줬다. 할머니의 따스한 온기가 내 곡면에 전해졌다. 문득 이것을 무엇이라 불러야 할지 고민됐다. 껍질 혹은 외피. 나를 나로서 존재하게 하는 유일한 경계. 거기에 자신의 품을 완전히 밀착시킨 할머니가 등 아닌 내 표면을 두드려줬다.

"얼마나 고생이 많았누. 어떻게 이 큰일을 해냈누, 내 새끼."

"할머니, 라면 가져왔어요."

"그래. 사기꾼 같은 느이 사장 때문에 한 달은 라면 못 팔았다. 고맙다, 고마워 천구야."

"할머니, 저 이제 구^{3}이에요."

"구^{3}. 좋은 이름이구나. 둥글고 예쁜 네 모습이랑 꼭 맞다."

"사장님도 일부러 그런 건 아닐 거예요. 어떤 악의를 갖고 그랬다는 정황은 없잖아요."

할머니의 표정이 일순 굳어졌다.

"그건 아니다. 너를 봐라. 맘먹고 하니까 얼마든지 처리할 수 있는 일이었잖니. 너 같은 초짜도 금세 할 수 있는 일을 그렇게 미룬 거는 용서가 안 된다. 퍼포먼스가 기대에 못 미치는 건 이해할 수 있어. 하지만 그거는 애티튜드가 글러먹은 것이여. 그런 얘기 할 거면 돌아가라. 라면은 두고."

웬만해선 할머니의 화를 누그러뜨리기 쉽지 않을 것 같았다. 그래도 문제가 더 커질 것 같지는 않았다. 현금영수증을 끊어드렸다. 떡이랑 오뎅, 양배추 같은 것을 추가로 주문하겠다는 걸 고사했다. 구^{3}이 된 나라고 해도 감당할 수 있는 일이 아니었다. 할머니가 준 오만원권 두 장을 받아 가게를 나왔다. 다섯 개의 완벽한 상자를 고르기 위해 훨씬 더 많은 돈을 썼지만 손해라고 생각하진 않았다. 손 없고 눈 없는 완전한 구체인 내가 십만원과 함께 나아갔다.

마트 앞에서 엄마가 나를 기다리고 있었다. 나는 엄마가 왜 왔는지 너무 잘 알았다. 나 때문이 아니라는 건 분명했다. 엄마는 내가 구^{3}이 된 것을 보고도 그리 놀라지 않은 듯했다.

"어제 꿈에 너희 셋이 함께 있었다."

엄마가 말했다.

"너희들 꿈을 따로따로 꾼 적도 있고, 이구와 칠구가 같이 있는 꿈을 꾼 적도 있지만 너희 셋이 그렇게 한자리에 있는 걸 본 적은 없어. 현실에서도 별로 보지 못했고, 꿈에서도 처음이야. 지금 이구도 칠구도 전화를 받지 않는다. 망나니같이 굴어도 엄마 전화에는 꼬박꼬박 콜백 하는 놈들이다. 어떻게 된 일이냐. 엄마에게 솔직히 말해주렴."

상냥한 말투가 무척이나 거슬렸다. 엄마는 내가 당신에게 등을 돌리고 있는 줄도 모를 것이다. 등 없는 나로서 앞도 없고 뒤도 없고 위도 없고 아래도 없지만 지향성 벡터가 부재하지는 않았다.

"천구야."

"구^{3}입니다."

"……"

"때 되면 연락 오겠죠. 갑자기 어디로 훌쩍 떠나도 이상하지 않은 형들이잖아요. 며칠 있다 유치장 들어갔다고 전화 올지도 모르니까 전화기 꼭 붙들고 계세요."

"경찰에는 다 알아봤다. 붙잡혀가거나 도망간 건 아니야."

"그럼 어디서 술이라도 퍼먹고 있나보죠."

"통신사에도 알아봤어. 아는 직원이 있어서 위치 추적도 했다. 마지막으로 잡힌 기지국 위치가 너희 마트 근처다. 너희 마트 근처에는 너희 마트 말고 다른 게 없고. 그러니까 걔들은 아직도 저기에 있거나, 마지막으로 저기에 있었던 거다. 내 말이 틀리냐?"

괜히 무당은 아니구나 싶었다. 하지만 그러면 뭐해? 눈에 보이는 것에 집착해 구^{3}의 본질을 꿰뚫어보지 못하는데. 그랬다면 내 속에서 이구와 칠구를 볼 수 있었을 텐데 말이야. 평온하던 내부에 소용돌이가 일었다. 지난번 엄마에게 대들었을 때와는 또다른 감정이었다. 아무래도 이구와 칠구가 내 안에 어떤 흔적을 남긴 듯했다. 불쾌하고 불편했다. 완전히 매끈해야 할 구체에 어딘가 찌그러진 부분이라도 있는 것처럼.

"가세요. 저는 할말 없습니다."

엄마는 나를 붙잡으려고 했다. 하지만 잡을 곳 없는 구체라서 엄마의 손은 나의 표면에서 미끄러질 뿐이었다. 나는 엄마를 뒤로한 채 마트 안으로 들어갔다.

라면은 끝났고 이제는 복수다. 복수는…… 천천히 생각해봐야겠다. 일단 배가 너무 고팠다. 입이 없어 먹지 않았는데 안 먹어도 되는 건 아닌 모양이었다. 나 구^{3}은 이 구체에 대해 제대로 아는 바가 거의 없었다. 불편한 점도 많았다. 의식하지 않고 하는 일이 많았는데, 그런 일 하나하나에 생각보다 많은 에너지가 소모됐다. 손 없이 문을 여는 것도 그렇고, 공중에 떠다니는 것도 마찬가지였다. 차라리 굴러볼까? 굴러보았다. 완전한 구체인 나 구[3]은 구르기에 매우 적합한 존재였다. 지표면과의 마찰이 최소화된 형태이다보니 한번 구르기 시작하자 멈추는 것이 오히려 힘들 지경이었다. 땀이 맺혔다. 몸이 미끄러워지자 더 잘 굴러갔다. 분별없이 맺힌 땀방울이 아래로 흘렀다. 격한 운동을 한 것처럼 진이 빠졌다.

선반에 쌓아둔 라면을 꺼내 손 없이 끓였다. 입 없이 먹으려고 했는데 와, 이건 안 되네. 배가 고팠다. 배가 고프다고 생각하니 내 몸이 온통 허기로 가득차서 그 생각을 그칠 수가 없었다. 먹을 수 없는데 어떻게 계속 움직이나. 찬찬히 내 몸을 들여다봐도 텅 비어 있을 뿐, 무한 동력 원자로는 아닌 듯한데. 에너지보존법칙을 거스르는 몸은 존재할 수 없을 것이다. 쓰기만 하고 채우지 않으면 어느 순간 멈춰버릴지 모른다. 문득 짚이는 데가 있어 밖으로 나갔다. 날씨가 좋았다. 한가로이 떠다니는 구름이 해를 가리지 않아 볕이 따스했다. 몸 전체가 충만해지는 기분이 들었다. 무선 충전하는 스마트폰처럼 내 몸의 에너지는 광합성으로 충당할 수 있었다. 중요한 문제 하나가 해결됐다.

기분이 좋아 굴렀다.

구르는 건 기분좋은 일이었다.

13

눕지 않고 잠들어 구르지 않고 깨어난 다음날 아침

눕지 않고 잠들어 구르지 않고 깨어난 다음날 아침, 〈킹 프라이스 마트〉 앞에 승합차 한 대가 서 있었다. 내가 마트 밖으로 나가자 나를 기다린 듯 한 사람이 차에서 나왔다. 그는 내게 SBS 방송국 로고가 찍힌 명함을 보여주며 자신을 〈순간포착 세상에 이런 일이〉의 PD라고 소개했다.

"구천구씨 맞으시죠?"

"구^{3}입니다."

"네…… 구^{3}이시군요. 이거 참 뭐랄까, 너무 적절한, 틀림없는 이름이네요. 이렇게 완벽한 구체신데, 이름도 구^{3}이니까."

"어쩐 일로 오셨어요? 저희 마트가 지금은 잠시 영업을 쉬고 있어서요. 사장님도 안 계시고. 저희 사장님 때문에 오셨나요? 업무방해 건은 90퍼센트 과장에 8퍼센트 정도는 오해예요. 사장님 잘못이 있다면 2퍼센트 정도일 거예요."

"아니에요. 배치 크라우더가 잡혀간 건 흘러간 뉴스죠. 저희는 구천구, 아니 구^{3}님을 뵈러 왔어요."

"저를요?"

"네. 이렇게 완벽한 구체이신데 이름까지 구^{3}이 되셨으니 저희로서는 관심을 가질 수밖에 없습니다. 방금 마트에서 나오실 때도 문이 저절로 열리더라고요. 딱히 자동문처럼 보이지 않는데 말이죠. 구^{3}님에게 일어난 신기한 일을 저희 시청자들과 함께 나누고 싶어요."

듣고 보니 맞는 이야기였다. 구가 된 사람이 흔하지는 않으니까. 나 역시도 내게 이런 일이 일어나기 전까지는 구가 된 사람이라든가 사람이 구가 되는 일에 대해 들어본 적이 없었다. 티브이에 출연해서 사장님의 억울한 사정을 호소할 수도 있을 것 같고, 위원회라는 집단이 장막 뒤에서 벌이고 있는 위험한 음모를 밝힐 기회이기도 했다.

"뭐…… 들어오세요. 좀 쑥스럽지만."

PD가 신호를 보내자 차에서 방송국 직원으로 보이는 사람들이 줄줄이 내렸다. 카메라맨이 두 명, 긴 장대 끝에 달린 마이크를 든 사람이 하나, 딱히 무슨 임무를 띠고 있는지 알 수 없는 사람도 두 명 있었는데, 그들도 나름대로 내가 알지 못하는 어떤 일을 분주하게 하는 것처럼 보였다. 마이크를 들고 있던 사람이 무슨 배터리 팩같이 생긴 걸 내 몸에 채워야 한다고 했다. 알고 보니 그건 무선마이크의 본체였는데, 나는 옷을 입지 않은 구체였고, 따라서 고리를 걸 만한 벨트나 끈 같은 것이 없었으므로 그 사람은 "아 그냥 붐으로 따야겠네" 라고 혼잣말을 했다. 그런데 마이크에 붙은 라벨이 〈그것이 알고 싶다〉였다.

"아, 저도 그알 팬이에요. 근데 이거 〈세상에 이런 일이〉라고 하지 않으셨어요?"

내 질문에 PD는 당황한 듯 손사래를 치며 대답했다.

"아, 맞아요. 저희 제작국에서 장비들 다 돌려 쓰느라 가끔 이런 일이 생겨요. 저도 잠깐 〈그알〉 했었는데 〈동물농장〉 카메라 들고 가고 그랬어요. 죄지은 사람들이 꼭 그런 거에 민감하더라고요. 자기 짐승 취급하는 거냐고 막 화내고. 아니 아니, 구^{3}님이 민감하다는 얘기는 아니에요. 아니 그니까, 죄지으셨다는 것도 아니고요. 눈이 어디예요? 어디로 보는 건지 알 수가 없어서 누구랑 대화하는지 모르겠네요. 하여튼 그 눈이, 참 관찰력이 좋으셔."

그렇게 횡설수설할 때 알아봤어야 했다.

하여튼 구^{3}이 된 자세한 사정은 빼고 이야기를 시작했다. 구구절절 이야기하자면 내 쌍둥이 형들과 그들이 온데간데없이 사라진 정황에 대해 해명해야 할 것이 너무 많았다. 어느 날 아침 뒤숭숭한 꿈에서 깨어난 구천구가 자신이 침대에서 동그란 모습의 구^{3}으로 변해 있는 것을 알아차렸다는 식으로 대충 얼버무렸다. 베드로의 어구에 대한 이야기도 뺐다. 기독교 단체에서 피켓을 들고 항의를 하러 오거나 바티칸 소속 특별 사법 요원들이 암살 목적으로 나를 찾아올 것 같았다. 이제까지의 선거 결과에 대한 근본적인 의문이 제기되며 거대한 사회적 혼란을 야기할 것 같기도 했다. 그래서 그냥 위원회라는 나쁜 사람들이 우리 사장님을 모함했다, 라고 했는데 말할수록 위원회가 진짜 나쁘다는 걸 잘 표현하기가 힘들었다. 구체적인 맥락을 말할 수가 없어서 그냥 내가 어린애처럼 우기는 것 같다는 생각이 들었다. 하여튼 PD가 내 말이 무슨 이야긴지 충분히 알겠다고 했고, 최대한 내 뜻을 반영해서 편집해준다고 했기 때문에 그 부분은 믿고 넘어갔다. 진짜, 믿을 놈이 따로 있지 방송국 놈들을 믿다니.

어쨌든 누구한테도 속시원하게 해보지 못한 이야기를 다 하고 나니 마음이 좀 후련해져서 자발적으로 촬영에 협조했다. 내가 완벽한 구체인 구^{3}으로서 지면과 최소한의 마찰만으로 끊김 없이 굴러가는 것을 보여주기도 하고, 손 없이 라면 박스를 들어 선반 위에서 선반 아래로 내리는 시범을 보여주기도 했다. PD가 특히 신기해한 부분은 눈 없이 보는 것이었다. 그는 내가 투시력 같은 것을 가지고 있다고 착각해 등 뒤에 숨긴 카드의 모양과 숫자를 맞혀보라는 과제를 내주기도 했다. 그래서 나는 그저 앞뒤와 좌우, 위아래의 분별없이 볼 뿐이지 가려져 있는 것 너머를 보는 능력은 갖고 있지 않다고 알려줬다.

그러고 보니 내가 구^{3}이 된 것은 실로 며칠이 되지 않았는데 어떻게 알고 이렇게 서울에서 취재까지 왔는지, 거참 대단하네요, 라고 했더니 PD는 또 당황하면서 저희가, 그러니까 저희는, 사실 저희한테 오는 제보 전화가 하루에 삼백 통이 넘어요, 하고 저희를 세 번이나 말했는데 그때라도 알아챘어야 했다.

이래저래 한참 촬영을 하고 나니 힘도 들고, 방송을 전혀 모르는 나로서도 이 정도면 분량이 꽤 나오지 않았나 싶었는데 PD가 신기한 구경 말고 심도 있는 인터뷰를 조금 더 해보자고 했다. 내가 생각해도 위원회에 대한 부분이 너무 허술하긴 했다. 위원회를 충분히 구체적으로 비난할 수 없었던 이유는 내가 위원회에 대해 아는 것이 별로 없기 때문이기도 했다. 그래서 여차하면 베드로의 어구에 대해서 약간 언질이라도 해볼까 생각하고 카메라 앞에 다시 섰다. 정확히 말하면서 있는 것은 아니고 공중에 떠 있었는데, 달리 표현할 길이 없어서…… 말하자면 나는 카메라의 렌즈 앞에 존재했던 것이다.

"구이구씨와 구칠구씨를 아시죠?"

그의 목소리가 갑자기 착 가라앉았다. 질문이 차갑게 날아와 꽂힌 순간, 그제야 알아차린 거다. 이 모든 난리법석에 꿍꿍이가 있었다는 걸. 그렇다고 이제 와 모든 걸 물릴 수도 없었다. 지금 내가 카메라의 앵글에서 벗어나면 말할 수 없는 사정이 있는 구^{3}으로 비칠 것이고, 그것은 진실이므로, 드러나길 원하지 않는 진실을 감추려면 순발력 있게 대처하는 수밖에 없다는 생각이 들었다.

"모릅니다."

완전히 잘못 말했다. 좀전까지 연신 당황만 하던 PD가 이번에는 눈을 반짝였다. 실수했다. '거짓말을 잘 해보자'라고 머릿속으로 되뇌다보니 나도 모르게 명백한 거짓말이 튀어나와버린 거다.

"구^{3}인 저는 모릅니다. 그 두 사람은 구천구였던 저의 형들이지만, 저는 이제 완전히 다른 구^{3}이거든요."

나름 순발력 있게 대처했다.

"모르고 싶은 사정이 있으신 건 아니구요?"

"글쎄요. 저와 형들은…… 우애가 깊었다고 할 수는 없습니다. 평생요. 그 둘에게 무슨 일이 생겼든 저는 관심 없습니다."

"무슨 일이 생겼다고 말씀드린 적 없습니다. 그분들을 아시냐고 물었을 뿐인데요."

PD가 빙글거리며 웃었다. 이 모든 수작 너머에 누가 있는지 알 것 같았다. 빌어먹을 나의 어머니, 억조창생 여사.

"무슨 말이 하고 싶으신 거죠?"

나는 최대한 침착함을 유지하려고 노력했다. 하지만 내 구체의 어딘가에 땀방울이 맺히는 걸 느낄 수 있었다. 측면에서 나를 찍고 있던 카메라가 내 쪽으로 좀더 가까이 다가왔다.

"구^{3}님의 사장인 배치 크라우더가 업무방해 혐의로 구속된 건 한 분식집의 주문 때문이었죠. 저희 취재에 의하면 그 분식집의 업주와 구이구, 구칠구 두 형제가 아주 밀접한 사이라고 하더군요. 마치 부모 자식 같은 애착 관계를 형성하고 있다고요. 두 형제가 사라지던 밤 핸드폰의 마지막 위치는 〈킹 프라이스 마트〉였습니다. 그날 두 사람이 구천구, 아니 구^{3}님을 만나러 왔나요?"

틀렸다. 처음부터 끝까지 다 틀렸다. 맞는 게 하나도 없었다.

"그만 돌아가주시죠. 나가주세요."

이 정도면 순발력 있게 대처하는 게 무리였다. 완전히 진실과 상반된 이야기를 하고 있으니까. 비어 있는 구체인 내 안에서 불길 같은 화가 치밀어올랐다. 이구보다는 칠구의 것에 가까운 패악스러운 분노였다.

"안 나가시면 경찰 부르겠습니다."

"그럴 수 있으시겠어요?"

나는 카메라에서 등을 돌렸다. 표현이 그렇다는 거지 실제로 앞뒤가 구별되진 않아서, 카메라에 담긴 내 모습은 우왕좌왕 흔들거리는 것처럼 보였을 거다. 나는 다리 없이 떠가는 빠른 이동으로 마트의 문을 활짝 열었다. 손 없이 장대 같은 마이크를 쳐내고, 접촉 없이 PD의 등을 밀어 밖으로 내보냈다. 방송국 놈들을 밖으로 내쫓으며 그들이 들고 있던 서류를 봤는데 〈그것이 알고 싶다〉 로고가 인쇄된 콘티였다. *사라진 쌍둥이, '나는 범인이 아니다'(가제)*라고 적혀 있었다. 내막도 모르고 카메라 앞에서 광대 짓을 해버린 거다.

경찰은 부르지 않아도 알아서 찾아왔다. 그들은 또다시 압수수색영장을 들고 와서 마트를 온통 뒤졌다. 마약 탐지견이

라면 박스 하나하나에 코를 갖다댔다. KCSI 조끼를 입은 수사관이 바닥에 남아 있는 휘발유를 채취하고 미처 치우지 못한 칠구의 가방을 커다란 비닐백에 넣었다. 금고에 온통 검은 가루를 흩뿌리더니 지문을 떴다. 나보고 금고를 개방하라고 했다. 나는 금고의 주인이 아니라 열 수 있는 방법이 없다고 했다. 형사는 내게 온갖 질문을 해댔다. 억울한 것이 있으면 경찰서에 가서 말해보자며 구슬리기도 했다. 나를 데려가려면 체포 영장을 가져오라고 했다. 그는 그렇지 않아도 그럴 참이니 이 동네를 벗어날 생각은 하지 말라고 엄포를 놨다. 그러게. 난 이제껏 이 동네를 떠나볼 생각조차 하지 않았다. 평생 말이다.

"내가 원하는 건 하나야. 그게 뭔지 너도 알 거야."

전화기 너머 엄마의 목소리는 차가웠다.

"둘이겠죠. 이구랑 칠구. 그런데 저도 할 수 있는 게 없어요. 솔직히 어떻게 된 일인지도 모르고요."

"오답이야. 다시 생각해봐. 한번 더 기회를 줄게."

"……"

"방송국, 경찰, 검찰은 물론이고 판사까지 나한테 신세 진 사람이 한둘이 아니야. 법무부 윗사람들도 좀 알지. 감옥 간다고 끝이 아니야. 감옥에서도 내내 괴로울 거다. 하지만 널 그렇게 만들 수는 없지. 네가 구^{3}이든 구천구든 구만구든 구억구든 너는 내 아들이야. 그걸 가져와라. 베드로의 어구를."

"그게 어딨는지 제가 어떻게 알아요."

"넌 알고 있어."

사실은 알고 있었다. 구^{3}이 되는 순간 알아차렸다. 그게 어디 있는지. 어딜 가면 그걸 찾을 수 있는지.

"제가 어떻게 아냐구요. 감옥 간 사장님한테 가서 물어보든지요."

"아니, 넌 알고 있어. 난 네가 알고 있다는 것까지 알고 있다. 오죽하면 나도 그게 어딨는지 안다. 내가 모시는 분이 누군지 너도 알잖니. 내가 꿈에서 본 건 너희 셋이 같이 있는 모습만이 아니었다. 너희가 어디에 있는지도 봤지. 그리고 넌 완벽한 구체가 됐고, 비로소 베드로의 어구가 어딨는지 깨달았다. 오직 너만이 그걸 가져올 수 있다는 것도 알고, 네가 나한테 그걸 가져올 거란 것도 알지. 하나뿐인 내 자식, 이젠 정말 너밖에 안 남았다. 나는 진작 너한테 기회를 줬어. 이구도 칠구도 아닌 너를 그곳에 보냈어. 하지만 어떻게 됐니. 나를 저버린 건 너야. 길게 말 않겠다. 그걸 가져와라. 그럼 너도, 너희 사장도 구해주마. 나는 그걸로 *대통령*이 될 거다. 모두 내 발아래 둘 거라고. 내가 널 도와줄게. 내 밑에서 너도 모든 걸 가질 수 있어. 너를 괴롭히던 이구도, 칠구도 없이 우리끼리 행복하게 살 수 있잖니."

평생 엄마의 눈치만 보고 살았다. 거스르지도 기대를 저버리지도 않았다. 〈킹 프라이스 마트〉에 취업한 것도 엄마가 시켜서 한 일이었다. 그런데 이렇게 됐다. 엄마의 말을 충실히 따랐을 뿐인데 나쁜 아들이 됐다. 엄마가 다시 한번 내게 기회를 주는 건지 모른다. 이번에는 확실히 보여줄 수 있다. 구천구라면 그렇게 생각했을 거다. 구천구였다면 알겠다고 했을 것이다. 하지만 엄마는 몰라도 너무 몰랐다. 나를 제대로 안 적이 한 번도 없었던 거다. 그래서 지금도 나를 모른다. 나는 구천구가 아니라 구^{3}이다. 그래도 알겠다고 한다. 일단은.

"알겠어요, 엄마. 가져올게요."

당신한테 주겠다는 말은 안 했다.

14

며칠 전의 일이 아주 먼 옛날의 일처럼 아득하게 느껴졌다

금고 앞으로 갔다. 아무 말도 하지 않았다. 사장님의 이름을 부를 필요도 없었다. 손 없고 비밀번호 없이 자연스럽게 문이 열렸다. 금고는 다시 입을 열고 나를 받아들였다. 발 없이 금고 안에 들어가자 며칠 전의 일이 아주 먼 옛날의 일처럼 아득하게 느껴졌다. 금고 안에서 구^{3}이 된 순간부터 알고 있었다. 언제든 이곳을 드나들 수 있다는 걸. 내가 금고를 원하는 만큼 금고 역시도 나를 원한다는 걸 알고 있었다. 나의 둥그런 몸이 금고 안에 온전히 들어오자 노력 없이 문이 닫혔다. 칠흑 같은 어둠 속에서 내가 천구였던 마지막 순간이 떠올랐다. 이구와 칠구가 내 몸에 엉켜 있던 감각이 아직까지 생생했다. 그때와 달리 진공 발생기는 작동하지 않았다.

이곳은 저곳이고 저곳은 이곳이다.

그렇게 생각하자 나를 가두고 있던 벽이 사라진 것을 느꼈다. 방향의 분별이 없는 공간에서 나는 움직였다. 나를 움직이는 게 나라는 생각은 들지 않았다. 다만 나는 내가 구하는 것을 마음으로 되뇔 뿐이었다. 마음에서 발하는 지향을 앞이라고 한다면, 나는 앞으로 나아가고 있었다. 이 길 끝에 그것이 있다. 베드로의 어구가.

멀리 점처럼 보이던 것에 가까워지고서야 그게 걷고 있는 한 사람이라는 걸 알았다. 처음 보는 남자였다. 남자는 이곳에 들어온 지 한참 된 듯 온몸에 회색 먼지를 뒤집어쓰고 있었다. 그는 나와 같은 방향으로 걷고 있었지만 걸음이 느렸다. 곧 나는 그와 나란히 움직이게 됐다. 그는 모자와 마스크로 얼굴을 가리고 있었고 손에는 검은 장갑을 끼고 있었다. 나에게 관심을 보이지 않아 내가 먼저 말을 걸었다.

"어디 가세요?"

"아잇, 깜짝이야."

그는 나를 보고 화들짝 놀랐다.

"어후, 아저씨. 인기척 좀 내고 다닙시다."

가능한 지적이었다. 나는 발 없이 허공에 떠서 움직이므로 다니는 것에 소리를 내지 않았다.

"아저씨는 아니고요. 구[3]입니다."

"말하는 공도 다 있고, 신기하네. 여긴 정말 신기해. 언제 들어왔는지 기억도 잘 나지 않는데, 신기한 게 참 많아."

그는 걸음을 멈추지 않고 나를 살폈다. 그는 회색이었고, 어깨에는 먼지가 내려앉아 있었다. 말한 대로 이곳에 들어온 지 꽤 오랜 시간이 흐른 모양이었다.

"어디 가세요?"

나는 같은 질문을 다시 했다.

"나가려고. 들어왔으니 나가야지 하고 걷지. 그렇게 걸은 지 사억 칠천삼십만 이천 초다. 사억 칠천삼십만 이천일 초. 사억 칠천삼십만 이천이 초. 지금도 계속 시간은 흐르고 있어."

"여기에도 시간이란 게 존재해요?"

"아니. 여기에는 시간이란 게 없지. 그래서 내가 이렇게 세고 있잖아. 사억 칠천삼십만 이천이십삼 초. 사억 칠천삼십만 이천이십사 초. 사억 칠천삼십만 이천이십오 초."

"이 방향이 맞아요?"

"그러게. 여기에는 방향도 없어. 그래서 나는 모든 방향을 시도하고 있다. 이십이만 이 초마다 한 번씩 몸을 틀지. 아무리 걸어도 나가는 곳이 보이지 않아. 내 친구가 나를 기다리고 있을 텐데. 나와 함께 여기에 들어오려던 친구. 나를 따라오던 소리가 들렸었는데, 도로 나간 것 같아. 경찰이 오기 전에 도망쳐야 하는데, 잘 도망갔는지 모르겠다."

그와 그가 말하는 친구가 누군지 알 것 같았다. 배치에게서 두 사람에 대한 이야기를 들은 적이 있었다. 금고를 털려던 선반 기술자와 전기공. 그는 도망치지 못한 전기공이었다. 근데 왜 반말해?

"근데 왜 반말해요? 나 알아요?"

내 질문에 전기공은 뭔가를 깨달았다는 듯 고개를 끄덕였다.

"사억 칠천삼십만 이천팔십 초. 사억 칠천삼십만 이천팔십일 초. 그러게. 처음 본 사람한테 왜 반말을 했을까. 이곳에는 시간도 없고 방향도 없고 있는 게 없다. 있던 것도 없어지는데 없던 게 생기지는 않아. 그래서 개념도 없나보다. 개념이 없어서 미안해. 여길 나가면 처음 보는 사람한테 반말 같은 건 하지 않을 텐데. 빨리 가야겠다. 미안하고, 다음에 보자. 사억 칠천삼십만 이천구십사 초. 사억 칠천삼십만 이천구십오 초."

"근데요, 여기에 혹시……"

뭔가를 물어보려 했는데, 전기공이 우뚝 멈춰 섰다.

"야, 물어보지 마. 너 이미 다 알고 있잖아."

그가 몸을 틀어 다른 방향으로 나아갔다. 그는 아마도 이곳을 영영 나가지 못할 것이다.

전기공과 헤어지고 풍경이 조금씩 변하기 시작했다. 먹보다 검은 어둠으로 둘러싸여 있던 사방에 붉은빛이 스며들었다. 방향을 알 수 없는 곳에서 몸을 덥혀주는 온기가 실려왔다. 빛은 점점 강해졌다. 길이 아닌 길가에 사물의 사체가 널브러져 있었다. 고장난 시계, 빛이 깜빡거리는 스탠드, 액정이 깨진 스마트폰 같은 것들이었다. 온기가 열기로 바뀌고, 붉은빛의 정체가 드러났다. 불이었다. 끝 간 데 없이 높이 솟은 불이 활활 타오르고 있었다. 불을 향해 서 있던 사람이 나를 돌아봤다. 육군 정모에 레이밴 선글라스를 쓰고 콘콥 파이프를 비스듬히 물고 있는 사람, 맥아더 장군이었다.

"병사여, 이제 도착했는가."

그가 나를 질책하듯 말했다.

"전선 앞에 서라. 결전이 다가온다. 적진에 상륙할 때 선봉에 서라. 조국이 그대를 부르고 있다."

맥아더의 앞에 아직 고장나지 않은 사물들이 5열 종대로 도열해 있었다.

목록: 데스크톱 본체. 자루가 하얗게 닳은 삽. 찰리 파커의

바이닐이 올라간 턴테이블. 모래주머니(그냥 모래주머니). 차량용 컵 홀더. 물병자리가 새겨진 물병. 1985년형 3세대 혼다 시빅. 깨끗한 책(『이야기 상식 백과—동양편』, 세계역사연구회 편, 민예사, 1993, ₩5,000). 아직 쓸 만한 지우개. 점착성을 유지한 포스트잇. …… 노란색만을 인쇄할 수 있는 컬러 프린터. …… 치커리를 담았던 상자. ………… 연필(부러지지 않음). …… 끝이 뾰족한 바늘. …… 총(loaded). etc.

하나같이 두려움에 떨고 있었다.

"차렷. 부대, 차렷. 좌로 일 보 갓. 우로 일 보 갓. 좌우가 헷갈리면 정세적으로 판단해서 갓. 불길을 넘어서 진격하라.

저 너머에 여러분의 안식이 있다. 어이, 거기 방금 도착한 병사. 그대는 왜 줄을 맞춰 서지 않는가?"

"장군님, 혹시 저희 엄마 아세요?"

"병사여, 나는 여러분의 모든 어머니를 알고 있다. 조국의 영광을 위해 자신의 한몸을 바친 모든 장병들의 어머니. 그들의 심지는 어떠한 깃발보다도 높게 펄럭인다. 그들의 지혜는 어떠한 조명탄보다도 밝게 빛난다. 그들의 결의는 어떠한 탄환보다도 빠르고 강하다. 안다. 그대의 어머니를 알고 있다. 그의 이름은 어머니다."

"아니 씨발, 우리 엄마 억조창생씨 아냐구요. 장군님 모시던 이진솔씨요."

"억조창생, 그것은 어머니의 마음이다. 그래, 그것이 어머니의 이름이다. 병사여! 억조창생을 구하러 진격하라. 진주만의 치욕을 씻자. 저들의 붉은 깃발에 똥오줌을 갈기자. 진격, 진격하라!"

맥아더가 명령했지만 사물들은 한 발자국도 움직이지 않았다. 나는 사물들을 비집고 나아갔다. 맥아더를 지나쳐 불길을 넘었다. 뒤에서 다시 차렷을 시키는 맥아더의 목소리가 들렸다. 그들은 영원히 나아가지 못할 것이다. 그는 여전히 전쟁 중이었다.

이제 거의 다 왔다.

하늘 없는 호수에서 구름이 담긴 물위에 그물을 던지는 사람이 있었다. 베드로였다. 허리춤에 열쇠꾸러미를 차고 일본인 주방장처럼 수건을 머리에 두르고 있었다. 오래되어 때 타고 낡아 보이는 양털 심라를 걸치고 있었지만 가난해 보이진 않았다. 색동옷 같은 것은 없었다. 그가 가톨릭교회의 초대 교황으로 불리게 된 것은 그의 시대에 있었던 일이 아니었다. 누군가는 그를 그저 열두 사도 중 한 명, 가장 먼저 따르고 많이 사랑받은 제자로 보기도 했다. 누가 뭐래도 지금은 호수의 어부였다. 산으로 둘러싸인 호수는 면적을 헤아리는 것이 무용해 보였다. 깊이 역시 마찬가지일 것이다.

근처 어딘가에는 천국으로 가는 문이 있겠지. 그 앞을 지키는 최후방 수비수 베드로. 어부 중의 어부 베드로. EBS 〈극한직업〉 1702회 '민물낚시 어부' 편의 주인공……은 아닌 베드로. 한번 그물을 던질 때마다 153마리의 고기를 낚아올리는, 그야말로 생선 학살자 되시겠다.

쭈뼛거리며 그에게 다가갔다. 그는 고개도 돌리지 않고 내게 물었다.

"누구냐?"

"저…… 구^{3}인데요."

"구^3?"

베드로는 그물을 던지려다 말고 나를 유심히 봤다. 그러더니 헛, 하고 웃었다.

"난 또 누구라고. 이진솔의 아들 구천구로구나."

"예에. 근데 제가 요번에, 그, 구^{3}이 돼가지고. 저희 엄마는 억조창생 됐구."

"구^3? 거참 요상한 이름이다. 억씨가 있어? 한 명도 못 본 거 같은데. 나는 그런 거 관심 없다. 생명책에 적힌 이름은 수정 불가라서."

정말? 내 이름도 거기에 있어?

"제 이름이 거기에 적혀 있어요?"

"모르지. 혹시라도 적혀 있을 경우를 말한 거야."

기대한 것은 아니다.

"고기를 많이 잡고 계신가봐요."

"그래, 많이 잡았지. 내가 이 그물로 잡았던 고기가 153마리다. 너도 알다시피."

"예, 읽었어요."

"그물을 또 던지면 그 153승을 잡는다."

"153^{153}."

"그래. 그렇게 쓰면 되겠지. 그게 몇인 줄 아냐? 계산기로 때리면 undefined라고 떠. 그런데 그물을 또 던지면 그거의 153승을 잡아."

"$153^{153^{153}}$…… 고기가 남아나질 않겠어요."

"그럴 것 같지만 그렇지가 않다는 게 재밌는 점이지. 세계는 무량히 증대하거든. 지금 이 순간에도. 세계는 본디 시작도 없고 끝도 없어서 크기를 헤아리기 어려운 존재다. 종말 뒤에 또다른 종말이, 창세 뒤에 끝없는 창세가 이어지는 게 삼라만상의 이치지. 그러니 내가 아무리 거둬들여도 확장하는 세계는 그걸 벗어날 수 있는 거야."

베드로는 그렇게 말하고 호수에 그물을 던졌다. 방사형의 그물이 그의 손을 벗어나 퍼지며 거대한 호수 전체를 감쌌다. 내 얼굴만한 베드로의 전완근이 꿈틀대며 그물을 거둬들였다. 별로 힘들어 보이지 않았다. 터질 듯한 그물에 담긴 고기 떼의 압도적인 양에 비해서는 그랬다. 그는 자기 등뒤로 그물을 열어 던졌다. 고기들이 산처럼 쌓였다. 다시 보니 호수를 둘러싼 산이 전부 고기였다. 잡아올리는 족족 부려놓은 고기들이 산맥처럼 보였던 거다.

"나유타那由他."

나도 모르게 작은 탄식이 나왔다.

“예끼, 이놈아. 그거는 저 고기 한 마리가 삼킨 다른 고기 숫자도 안 된다.”

베드로가 빈 그물을 손에 맞게 정리하며 말했다.

“그래도 이걸 가져가고 싶으냐?”

그럴 리가 없었다. 저걸 가져가서 할 수 있는 일은 세계의 무량함에 비해 너무 초라했다. 그런 일을 감당하고 싶지 않았다. 내가 원하는 건 두세 사람의 평화일 뿐, 세계를 멸망시키는 게 아니니까.

“그럼 가져가.”

“예?”

“가져가라고. 이거 가지러 여기까지 왔잖아.”

“그럼 어떻게 해요. 호수의 고기들은. 세계는.”

“물을 밀어낼 만큼 물고기가 가득해지겠지. 그래봤자 저 아래에 비나 좀 올 거다. 다시 가져올 생각 말고 너 해. 난 좀 쉬어야겠다. 이 비린내가 지긋지긋해진 참이거든.”

“가져가도 돼요? 제가 이걸 가져가도 된다는 말이에요?”

“그래. 얼른 가져가. 맘 바뀌기 전에.”

“왜요? 왜 저한테 주세요?”

베드로가 심드렁하게 대답했다.

"진솔이 아들이잖아."

말문이 막혔다. 내가 그 사람의 아들이라는 사실 때문에, 그래서 내게 이런 걸 준다고?

"엄마 너무 미워하지 마라."

베드로는 내 발치에 그물을 던지고 자리에서 일어났다. 늘어지게 기지개를 켜더니, 허리춤에서 열쇠를 꺼내 허공의 문에 넣었다. 잘 가라는 인사 한마디 없이 그렇게 문을 열고 영영 가버렸다. 문을 두드려보고 싶어도 문이 없었다. 그곳에는 〈킹 프라이스 마트〉에 없는 물건이 많이 있는지 궁금했는데……

나는 베드로의 어구를 손 없이 들어올렸다. 눈 없이 시야를 닫았다 여니 내가 있는 곳은 금고 밖이었다.

15

천국의 문 앞에서 무한 증식하는 물고기는 호수 밖으로 뛰쳐나오고 있을까

배치의 책상 위에 베드로의 어구를 올려놓고 한참을 아무것도 하지 못했다. 천국의 문 앞에서 무한 증식하는 물고기는 호수 밖으로 뛰쳐나오고 있을까. 이곳에선 고작 초등학교 어린이 회장이나 만들 때 쓸 법한 물건이다. 원한다면 원하는 도시의 지역구 국회의원을 만들 수도 있긴 하다. 물론 한 나라의 대통령을 정할 수도 있는 물건이다. 미합중국 대통령이 돼서 51구역의 비밀을 세계에 공표할 수도 있다.

엄마가 저걸 가져간다고 생각하니 몸서리가 쳐졌다. 손 없이 베드로의 어구를 들었다. 나 구[3]의 안과 밖을 구분하는 경계를 흩뜨리고 텅 빈 뱃속에 물건을 넣은 뒤 다시 몸을 닫았다. 내 몸을 가르지 않는 한 이것을 가져가지는 못할 것이다. 그렇게라도 가져가겠다면…… 죽어도 내어줄 수 없다.

명함에 적혀 있던 전화번호, 그걸 정확히 기억하고 있었다. 버리기 전 머릿속에 저장했다. 암기를 할 때는 사진처럼 이미지화해서 외우면 좋다. 예전부터 암기 과목은 자신 있었다. 엄마에게는 줄 수 없으면서 위원회에는 줄 수 있다는 건가? 그렇게 묻는다면 나도 나름대로 변명거리가 있다. 엄마가 가져가면 그냥 뺏기는 거지만 위원회에 주면 배치라도 감옥에서 꺼낼 수 있다. 어차피 누가 대통령이 되든 나하고는 별 상관 없잖아.

근데 상관있잖아, *씨발*. 안 좋은 기억이 너무 많이 스쳐갔다.

가짜 그물을 줄까? 위원회가 가짜인 걸 알아볼까? 모를 리가 없지. 나라면 일단 간단한 선거로 그물의 진위 여부를 확인할 것이다. 이를테면 우성아파트 104동 동대표 선거 같은 데에 써보는 거다. 거기서 53퍼센트로 승리하면 진짜가 맞는 거고, 패배하면 영락없는 가짜 인증이다. 65퍼센트로 승리해도 가짜. 가짜 성물을 준 것이 탄로나면 배치도 곤란해지고, 나는 더 곤란해질 거다. 좋은 생각이 아니다.

그래, 내가 쓰자. 내가 대통령이 돼서 배치를 사면하고 위원회를 수사할 전담반을 만들자. 특검은 쓸모없다. 국회에서 절차를 밟는 동안 특검법의 본래 취지는 훼손될 것이고, 임명

되는 특별검사도 못 믿을 만한 사람일 가능성이 크다. 국정원과 기무사의 정예 수사관들을 민정수석실이나 국무총리실 산하 공직기강감사관실 같은 곳으로 파견 배치해서 독자적으로 움직이게 하자. 이런, 나는 집권 이 년 차에 탄핵당하고 감옥에 가겠구나.

결국 미국 대통령이 되는 수밖에 없다는 생각이 들었다. 일단은 미국 국적이 필요하니까 이민을 가자. 투자 이민 갈 돈은 없으니 우선 유학 비자로 가서 공부를 하자. 나는 매우 동글고 잘 구르니까 육상 장학금을 받으면 되겠다. 동부든 서부든 상관없다. 그렇게 시작해서 육상 선수가 되고 영주권을 받고 결국엔 시민권을 획득해서 국가대표로 올림픽에 나가자. 유명해질수록 대통령이 되는 데 유리하니까. 잠깐, 검색해보니 나는 절대 미국 대통령이 될 수 없었다. 미연방 헌법에 '태생적인' 미국 시민만 대통령이 될 수 있다고 나와 있기 때문이었다.

나는 미국 대통령이 될 수 없다.

그 사실이 내게 너무 큰 좌절감을 안겨줬다. 구[3]도 됐는데, 미국 대통령은 되지 못한다니. 베드로도 어찌할 수 없는 일이라니. '태생적 한계'라는 단어의 의미를 절감했다. 태생, 난생, 습생, 화생은 물론이고 유색과 무색에서 나아가 유상과

무상, 비유상비무상의 어떠한 존재도 가리지 않고 제도하는 부처님이라면 용납하지 않으셨을 일이다. 퇴로가 완전히 막힌 기분이었다. 배치는 물론이고 나 자신도 구해낼 수 없다. 미국 대통령이 되지 못한다면…… 모두 허사다.

문밖에서 엔진소리가 들렸다. 나는 뱃속에 든 베드로의 어구를 다시 확인했다. 침착하게 마트 안을 이리저리 굴러다녔다. 미국 대통령이 되지 못해서 괴로웠던 마음이 조금 가라앉았다. 문이 벌컥 열리더니 낯익은 얼굴의 사람이 들어왔다. 여전히 눈매가 날카로운 위원회의 여자가 나를 보고 조금 놀란 표정으로 말했다.

"정말…… 동그랗군요."

"그럼요. 구^{3}이니까요."

"축하해요. 축하할 일인지는 모르겠지만."

"고맙네요. 당신한테 고마워할 일은 아니지만 말이죠."

"배치와는 연락하고 있어요?"

"가끔 전화해요. 이렇게 되기 전에 면회도 다녀왔고요."

"잘 지내는 것 같아요?"

"그럭저럭 잘 해내고 있는 것 같아요."

"아무것도 모르는군요."

여자가 내 앞에 사진 몇 장을 던져놓았다. 시시티브이 화면을 캡처해 프린트한 배치의 모습이었다. 한 사람이 간신히 몸을 누일 수 있을 만큼 좁은 방이었고, 배치는 앉아 있거나 서 있었다.

"배치는 지금 독방에 갇혀 있어요. 아무것도 사고팔지 못하도록 말이죠. 교도관이며 다른 수감자들은 배치의 거래에 무척이나 취약해요. 사람들 속에 있으면 배치는 감옥 안에서도 왕처럼 지낼 수 있겠죠. 하지만 법무부는 자신들의 체계가 농락당하는 걸 원치 않거든요. 이십사 시간 감시받는 독방이라니, 비인도적인 처사지만 어쩌겠어요. 감옥행을 자신이 선택한 거나 마찬가진데. 벽을 마주하고 오직 자기 자신과만 할 수 있는 거래가 별다른 게 있을 수 없죠. 요즘에는 밥도 거의 먹지 못하고 있더군요."

화질이 좋지 않았지만 배치의 몸통이 몰라보게 가날퍼진 걸 알아볼 수 있었다.

"이걸 저한테 왜 보여주시는 거예요? 괴롭히는 건가요?"

"맞아요. 당신이 좋은 직원이라면 무척 괴롭겠죠. 좋은 친구라면 더더욱 그럴 거고요."

"배치를 꺼내줘요."

"내가 왜 그래야 하죠?"

"감옥 안에 있는 사람은 설득할 수 없으니까요."

여자는 구미가 당긴다는 듯 내 앞으로 한 발자국 다가오며 말했다.

“얼마나 설득할 수 있어요? 물건을 넘기는 것? 사용하는 것? 완전히 우리 편이 되는 것? 나는 배치 크라우더가 좋은 선택을 하길 바라요. 어차피 자기 물건이 아니라면 내어주지 못할 이유도 없는 것 아닌가요? 불한당들의 손에 들어가 잘못되느니 우리가 사용하는 게 낫다는 걸 배치도 알 거예요.”

지나치게 자신만만한 여자의 태도가 나를 질리게 했다. 저 사람은 살면서 한 번도 자기 자신을 의심해본 적이 없을 것이다. 점심 메뉴를 고르는 순간에도 고민하지 않을 것 같았다. 그런 자기 확신이 한편으로는 부러웠다. 나는 제자리에서 회전하며 생각했다. 배치를 구해야 한다. 배치는 스스로를 구하지 못하고 있었다.

“당신 말이 맞아요. 그러니 사장님을 꺼내주세요. 물건이 어딨는지 아는 사람도, 결국 베드로의 어구를 사용해서 당신들이 원하는 일을 해줄 사람도 사장님이잖아요. 당신도 내가 나서주길 원해서 여기까지 온 거고요.”

“그쪽 말을 들을까요?”

“시도해볼 만한 일이죠. 그쪽도 시도해서 손해볼 일은 없잖아요.”

여자는 고민하는 듯 고개를 비스듬히 기울이더니 나를 보고 말했다.

"말이 잘 통하는 사람이라 다행이군요. 머리도 잘 돌아가는 듯하고요. 배치가 당신에 대해 헛소리를 하지는 않은 것 같아요."

구^{3}이 된 뒤로 머리가 잘 돌아가는 건 사실이었다. 당연하지. 회전하는 건 이제 내 전문이니까.

사장님은 다음날 오전 택배 상자처럼 트럭에 실려 마트로 돌아왔다. 수갑도 차지 않고 수의도 입지 않은, 예전 그대로의 배치 크라우더였다. 물론 완전히 같지는 않았다. 구치소 생활이 녹록지 않았는지 꽤나 수척한 얼굴이었다. 무엇보다 배치는 상당히 놀란 표정이었다. 구^{3}이 된 내 모습을 이리저리 살피고 만져보기도 했다.

"내가 말했지. 넌 구만구 구억구 이상이 될 거라고. 그때만 해도 내가 생각한 건 너의 수량적인 확장이었어. 하지만 이런 모습은 차마 상상도 못했다. 차원을 넘어서다니. 천구야, 아니 구^3, 대단하구나."

"저도 몰랐어요. 제가 이렇게 될 줄은."

"이렇게 차원을 넘어선 너라면 금고를 통과하는 건 식은

죽 먹기였겠구나. 물건을 가져오는 것도 어렵지 않았겠어. 베드로 그 양반은 잘 지내고 계시던? 네가 그물을 가져왔으니 한동안 놀고먹겠어, 그 양반."

배치가 못마땅한 표정으로 핵심을 파고들었다. 그의 말은 계속됐다.

"내가 철창 밖으로 나올 수 있었던 이유도 이제 알 것 같고 말이야. 네가 위원회와 협상을 했겠지. 배치 크라우더가 베드로의 어구를 쓰도록 설득할 수 있다고 말이야. 설마 물건이 너한테 있다는 이야기는 하지 않았겠지? 잘 숨겨뒀으리라 믿는다. 다른 차원의 존재가 됐는데 그렇게까지 멍청하지는 않을 거 아니야."

"네, 사장님. 그들은 몰라요. 물건은 제 뱃속에 숨겨놨어요."

"그래. 소화하지 않도록 조심하고. 얼른 금고로 다시 들어가서 주인에게 갖다주고 와라. 나는 위원회와 그런 거래를 할 생각이 없으니까 말이야."

"정말이에요? 감옥에 다시 가도 상관없어요? 사장님을 아는 모든 사람들이 불행해져도 상관없겠냐고요."

"내가 모르는 엄청나게 많은 사람이 불행해지는 것보다는 낫겠지."

"알겠어요. 사장님이 사장이고 나는 직원인데 어쩌겠어요.

반대였다면 억지로라도 하게 만들었겠지만 어쩔 수가 없네요. 오랜만에 집에 왔으니 편히 쉬세요. 저는 잠깐 바람 좀 쐬고 올게요."

배치 크라우더를 뒤로하고 마트를 나왔다. 전화를 걸었다.

"설득했어요. 배치 크라우더는 위원회의 요구를 성실히 수행할 겁니다. 당신들의 백종원이 53퍼센트의 득표율로 당선되게 해준다고요. 그 대신 약속하는 겁니다. 더이상 우리를 괴롭히지 않겠다고요. 그럼요. 제 말이라면 듣는 분이니까요. 걱정 마세요. 투표 당일에 보죠."

여자는 무척 기뻐하며 전화를 끊었다.

숨을 한 번 크게 몰아쉬고 마트의 문을 열었다. 사장님은 선반에 가득한 신라면 박스들을 구경하고 있었다. 감개무량한 표정으로 나를 보며 말했다.

"천구, 아니 구^{3}아. 이제 너도 장사라는 게 뭔지 조금 알게 됐구나."

"아직 멀었죠. 그래도 다행히 할머니가 라면을 받아줬어요. 오래 걸렸지만 결국 해냈어요. 우리 마트의 첫번째 매출을 제가 기록했다구요. 회식이라도 한번 해요. 석방을 기념하면서 같이 축하해야죠."

"그래, 그래야지. 오늘은 말고. 조금 피곤하구나. 잠자리가 너무 불편했어."

사장님은 의자로 가 털썩 앉더니 책상에 엎드린 채로 잠들어버렸다. 코를 골 때마다 책상과 맞닿은 바닥이 울리며 거칠게 진동했다. 어떻게든 투표날까지 배치 크라우더를 설득해야 한다는 생각에 골치가 아팠다. 마트를 나와 이리저리 길을 굴러다녔다. 밤늦도록 로터리, 아니 회전 교차로를 뱅글뱅글 돌았다. 108번째 바퀴를 돌았을 때 마음으로 손뼉을 쳤다.

열흘 후 선관위가 이번 선거의 꽃말을 공식 발표할 때까지 나와 사장님은 가게문을 닫아놓고 낚시나 하러 다녔다. 위원회에서 연락이 오면 모든 것이 순조롭다고 대답했고, 배치가 당신에게 화가 많이 났으니 얼굴을 비치지 말라고도 했다. 우리가 낚싯대를 대충 세워놓고 산책하듯 저수지 주변을 걷고 있으면 원세훈이 달려와서 알은척을 했다. 자신이 지지하는 후보가 열아홉 살 때 몰았던 바이크에 대한 이야기를 늘어놓는가 하면 물고기들이 끝내주게 좋아하는 루어를 발견했다며 우리에게도 알려주고 싶어 안달했다. 원세훈을 어르고 달래 자기 자리로 보내느라 고생했다. 여론조사 결과는 투표일이 가까워질수록 후보 두 명이 절반의 지지를 고르게 나눠 가지는 것으로 나왔다. 역대급 박빙 승부가 예상됐다. 백종원의 예능 감각과 거침없이 진솔한 인터뷰, 뛰어난 연설 실력에도 불구하고 출마 당시의 높았던 지지율은 다시 돌아올 생각을 하지 않았다. 그러고 보면 양당제하의 정치가 지리멸렬해졌을 때 가장 피해 보는 것은 투표만으로 세상을 바꿀 수 있다고 믿는 순진한 낙관주의자들일 듯했다.

대망의 선거일 아침이 밝았을 때 원세훈은 가장 먼저 투표소에 도착한 사람의 손등에 찍어주는 도장을 받기 위해 새벽같이 길을 떠났다. 나는 배치 크라우더 앞에 베드로의 어구를 꺼내놓았다. 이제는 모든 걸 이야기해야 할 때였다.

"이걸 쓰세요. 안 그러면 다시 감옥으로 돌아가게 될 거예요. 사장님이 거절하면 이번에는 틀림없이 나까지 잡아갈 거고요. 위원회랑 약속했어요. 그쪽은 사장님과도 이야기가 끝난 걸로 알고 있어요."

"빌어먹을. 왜 이제야 말하는 거야? 이럴 줄 알았으면 진작 도망갔을 텐데."

"그건 제가 원치 않아요. 저는 사장님처럼 지구촌 방방곡곡에 아는 사람이 있지도 않고요. 도망 다닐 돈도 없어요."

"구^{3}이 네 문제가 아니잖냐. 그놈들이 어쩔 수 있는 건 나 하나뿐이지 너까지 어떻게 할 수는 없어. 이렇게 완벽한 구체인 너를 협박 비슷하게라도 할 수 있을 것 같냐? 사람들이 둥

글고 귀여운 걸 얼마나 좋아하는데."

전화가 울렸다. 위원회였다.

"배치가 일을 시작했나요? 울릉도 삼십대 투표율이 너무 높아요. 초반이긴 하지만 좋은 징조라고 할 수 없네요."

"걱정 마세요. 〈킹 프라이스 마트〉의 '프라이스 킹' 배치 크라우더는 약속을 지키니까요. 당신이 원하는 걸 얻을 거예요."

사장님은 어이가 없다는 듯 어깨를 으쓱했다. 전화를 끊고 사장님의 눈을 지그시 바라봤다. 눈 없이 바라보는 내 시선을 사장님은 피하지 않았다. 한동안 우리 사이에 어색한 침묵이 흘렀다. 틱, 톡, 틱, 톡. 예외 없이 모든 사람의 운명을 수렁으로 밀어넣는 무자비한 시간의 흐름이 느껴졌다. 사장님은 어쩔 수 없다는 듯 고개를 떨궜다. 잠시 후 베드로의 어구로 손을 뻗었다. 그물의 끝과 끝을 쥐는 손길이 어색하지 않았다. 베드로만큼은 아니었지만, 그 물건이 무엇인지 분명하게 아는 사람의 자세였다. 저수지를 향해 어구가 날아갔다. 방사형으로 쫙 펼쳐진 그물이 수면을 감싸듯 떨어졌다.

"이걸 바란 거냐? 그렇게 원한다면 해주지. 이 그물로 153마리의 물고기를 잡으면 효과가 발동된다. 내가 말했지. 저번에 이 물건을 썼을 때 사람이 죽었다고. 이번에 어떤 일이 생기든 간에 네 책임이라고 생각해라."

결국에는 일이 내 뜻대로 돌아가기 시작했다. 베드로의 어구가 자신의 일을 하고 있었다. 백종원은 대통령이 될 것이다. 엄마는 대통령이 되지 못해도 여전히 억조창생일 것이다. 이로써 나는 주문받은 일을 연속으로 척척 해내게 됐다. 라면이 제일 어려웠지만…… 〈킹 프라이스 마트〉에서는 모든 게 가능했다. 여기에 없는 물건? 그런 건 천국에도 없을 테니까.

16

배치 크라우더의 힘찬 투망은 계속됐다

선관위가 발표한 정오 기준 전국 투표율은 24퍼센트였다. 배치 크라우더의 힘찬 투망은 계속됐다. 그물을 던질 때마다 잡혀 올라오는 고기의 수는 많지 않았다. 많으면 두 마리였고, 비어 있거나 반질반질한 장화 같은 게 딸려 올라올 때도 있었다. 나는 배치 옆에 앉아서 잡은 물고기가 몇 마리나 되는지 세어보았다. 기껏해야 스무 마리밖에 잡지 못했다. 투표가 끝나기 전까지 153마리를 채울 수 있을지 걱정이었다.

"밥 먹자."

"시간이 있어요? 베드로 아저씨는 한 번에 153마리씩 잡았다는데 이게 뭐예요."

"그게 되면 내가 베드로지. 그리고 이게 얼마나 중노동인지 네가 알아? 그렇게 멀뚱하니 서 있지 말고 너도 돕든가. 손 없이 던질 수 있잖아."

"약속은 지켜야죠. 이건 제 싸움이 아니에요."

"내 싸움도 아니야. 위원회 놈들이 설계한 스토리의 일부일 뿐이지. 그놈들을 봐라. 얼마나 비겁하냐. 제대로 된 인간들이면 자기 싸움을 남한테 떠넘기지 않아."

망에 든 고기는 대부분 배스였다. 씨알이 팔뚝만큼 굵은 것도 있고, 손바닥만한 것도 있었다. 해가 높이 떠서 반질반질한 내 표면에 땀이 맺히는 게 느껴졌다. 나는 먹지 않아도 배부를 수 있지만, 사장님은 그렇지 않았다. 뭘 먹이긴 먹여야 했다. 마트에서 챙겨온 버너 위에 냄비를 얹고 라면을 끓였다. 물론 신라면이었다. 고생하는 걸 생각해서 두 봉지를 뜯었다. 물이 보글보글 끓고 있는데 마른하늘에서 비가 한 방울씩 떨어졌다. 구름이 꼈나 하늘을 올려봤는데 눈이 부시게 쨍쨍했다.

"잘 봐둬라 천구야. 아니, 구^{3}아. 이 세상 물건이 아닌 걸 함부로 사용하면 어떤 일이 일어나는지. 지금 내리는 비가 다 어디서 오는 거 같냐."

"하늘이죠. 비는 원래 하늘에서 내려요."

"녀석, 모르는 척하는 솜씨가 제법이구나. 매일같이 비가 내리더라도 지금 내리는 이 비는 평범한 게 아니야. 너는 알잖니."

라면이 다 끓자 배치는 들고 있던 베드로의 어구를 둑에 부려놨다. 그는 냄비 뚜껑을 앞접시로 사용해가며 정신없이 젓가락질을 했다. 배치는 김치가 있으면 좋겠다고 말했다. 감옥에 있는 동안 김치를 먹지 못했거든, 하며 국물을 호로록 마셨다. 김치 대신에 고춧가루에 무친 단무지가 자주 나왔다고 이야기해줬다. 아주 맛이 없었고, 다시는 감옥에 돌아가지 않겠다고 결심한 여러 가지 이유 중에 맛없는 단무지무침도 있다고 했다. 나는 모든 일이 끝나면 사장님에게 김치를 아주 많이 가져다줘야겠다고 생각했다. 〈미륵 떡볶이〉에서 잔뜩 가져올 거다. 나는 입이 없어 먹을 수 없지만, 배치가 외롭지 않도록 곁을 지켰다.

사장님을 다 먹이고 정리까지 하고 나니 조금 피곤했다. 가느다랗던 빗방울이 살짝 굵어졌고, 맑았던 하늘에도 구름이 잔뜩 꼈다. 흐린 하늘 아래서 나는 충전되지 않았다. 보조 배터리 같은 게 있으면 좋겠다고 생각했다. 언젠가는 그런 것을 만들 수도 있을 것이다. 완벽한 구체를 위한 보조 배터리 같은 것을. 천국에 대해 낙관할 수 있다면 기술의 진보를 신뢰하는 것도 얼마든지 가능했다. 버티려고 했는데 기력이 떨어져서 자꾸만 졸음이 왔다. 그러다가 더이상 졸음을 쫓을 수 없다는 판단이 들었다. 너무 동그란 내가 졸다가 저수지로 굴러떨어지지 않도록 고임돌을 받쳐놓았다.

하지만 떨어지는 꿈에서는 고임돌도 소용이 없었다. 구르기 시작할 때까지만 해도 비몽사몽인 상태였다. 아직도 꿈속에서 떨어지고 있는 것인지 실제로 내가 경사면을 버티지 못하고 떨어지고 있는 것인지 구분되지 않았다. 얼음장처럼 차가운 물에 빠지는 순간에야 정신이 번쩍 들어 온몸을 들썩였다. 땅에서는 손발 없이도 나아가고 물러서는 것에 지체함이 없었는데, 물에서는 달랐다. 나는 바다 한가운데서 표류하는 비치발리볼 공처럼 뱅글뱅글 돌기만 했다.

"천구야!"

발만 동동 구르던 사장님이 나를 향해 베드로의 어구를 던졌다. 사장님의 투망은 정확했다. 마름모꼴의 그물 조직이 꼼꼼하게 나를 감쌌다. 나는 한 세월 바다를 떠돌던 부표 같은 꼴로 뭍에 끌려 나왔다. 벌릴 입도 없는데 표면으로 잔뜩 물을 먹어 숨이 잘 쉬어지지 않았다. 사장님이 내 동그란 몸에 큰 타월을 둘러줬다. 어떤 꿈을 꾸고 있었지. 나는 어렸고 오토바이 뒷자리에 타고 있었다. 내 앞에서 운전하는 게 이구 아니면 칠구였던 것 같다. 걔들이 나를 뒷자리에 태운 적이 있을 리가 만무했다. 하나된 신체로 이뤄낸 동기애가 꿈에서 동화를 그려낸 듯했다. 꿈이었기 때문일까, 오토바이는 갑자기 절벽을 만나 낭떠러지 아래로 고꾸라졌다. 그런 꿈을 꾼다면 누구라도 화들짝 놀라서 깰 수밖에 없을 거다. 그래도 제법 달콤한 추락이었다.

아직도 달달 떨고 있는 내게 사장님이 말했다.

"괜찮냐, 천구야. 구^{3}이지만 나한테는 아직 천구라는 이름이 더 익숙해. 천구야, 괜찮겠냐? 앞으로 말이야."

추웠다. 커다란 모닥불 앞에라도 가지 않으면 죽을 것처럼 오한이 났다. 입술이 있었다면 파래졌을 것이다. 입 없이 사장님에게 대답하는 내 목소리가 떨렸다.

"괜찮아야죠. 이런 거로 죽지는 않으니까. 기껏해야 감기나 걸리겠죠."

"아니, 그거 말고 말이야. 너 지금 동그랗잖아. 완전한 구체고. 그렇게 살아도 괜찮겠냐는 말이야. 사람들이 쳐다보고 수군거리고 할 텐데. 네가 나를 만나 그렇게 된 것 같아서 마음이 쓰인다. 원한다면 전처럼 돌아갈 수 있는 방법이 있는지 찾아볼게. 어떻게든 방법이 있지 않겠냐."

"제 걱정은 마세요. 그 어느 때보다 힘이 넘치니까요. 제가 사장님께 죄송하죠. 저 때문에 이렇게 원치 않는 일을 하고 계신데."

내 대답을 들은 사장님이 밝은 표정으로 말했다.

"그래. 바로 그거다. 넌 지금 최고의 상태야. 아무도 널 해치지 못할 거야. 내 걱정은 할 필요 없다. 나는 원래 원치 않는 일은 하지 않거든."

"그게 무슨 소리예요?"

"고기는 더이상 안 잡을 거다. 그물을 안 던질 거라고. 위원회에는 대충 둘러댈 수 있겠지? 최대한 노력했는데 아무래도 안 됐다고 해. 배치 크라우더 그 인간이 네 뒤통수를 쳤다고 말이야. 따지고 보면 네 뒤통수를 치는 게 맞지만, 실제적으로는 앞뒤의 구분이 없는 너는 절대로 뒤통수 맞을 일이 없어. 그리고 나는 너를 배신하는 게 아니다. 마지막으로 하나 가르쳐주고 가는 거지. 거절하는 법을 더 배워. 거절은 나처럼 하는 거다. 애초에 말도 못 꺼내도록 매정하게 잘라내는 거절이 있는가 하면, 이렇게 손바닥 뒤집듯이 말을 바꿔서 도망가버리는 거절도 있는 거야."

그때 천둥이 치며 땅이 흔들렸다. 그렇게 많은 비가 내리지도 않는데? 무슨 일인가 싶어 하늘을 봤더니 비행기 한 대가 저수지 옆 공터에 착륙하고 있었다. 전당포 마당에 서 있던 스텔스기였다.

“대리 불렀다. 난 이제 가보려고. 꺼내줘서 고맙다 친구야.”

“사장님, 이러시면 전 어떻게 해요.”

“걱정 마. 천구, 네가 세상에서 가장 뛰어난 구체라는 걸 기억해.”

사장님이 스텔스기의 뒷좌석에 올라탔다. 나를 향해 두 손가락을 펴 눈썹 옆에서 튕기는 멋진 인사도 했다. 사장님을 말릴 수 있을까? 저 자리에서 끌어내 그물 앞에 세울 수는 있을 거다. 하지만 내가 원하는 것을 원하는 대로 하게 할 수는 없다는 걸 깨달았다. 누군가는 자신이 원하지도 않는 일을 원하는 것처럼 해내면서 원하는 대로 산다고 믿는다. 그건 그 사람이 무언가를 원하기 때문이다. 아무것도 원하지 않는 사람만이 자기 자신으로 살 수 있다. 내가 아는 배치 크라우더는 그런 사람이었다. 원하는 게 없는 사람. 남이 원하는 걸 귀신같이 알아내 가져다주는 사람. 하지만 자기가 원치 않으면 가져다주지 않는 사람. 최고의 장사꾼, 다만 자기 자신까지 팔아넘기지는 않는 사람. 나는 그런 사람과 함께한 거다.

“가게는 너한테 맡긴다.”

“사장님.”

“어.”

"저한테 왜 이런 일들이 생기는 걸까요."

"야, 너 우리 마트 직원이잖아. 이 정도는 각오했어야지."

"……"

"나랑 약속해. 옳다는 걸 증명하기 위해 틀린 일을 하지는 마. 그러면 돼."

하늘이 찢어지는 듯한 굉음을 내며 스텔스기가 떠났다. 배치 크라우더를 처음 만났을 때도 이런 기분이었다. 지금부터 뭔가가 시작되고 말 거라는 예감에 휩싸였다. 알 수 없는 곳으로 끌려들어가는 기분이 나쁘지 않았다. 옳다는 걸 증명하기 위해 틀린 일을 하지 않기로 했다. 그런 말은 오래 남는다.

사장님이 남기고 간 베드로의 어구를 포개 다시 뱃속에 넣었다. 구릉에 앉아 사장님이 잡아놓은 물고기들을 다시 세보았다. 153마리에는 한참이나 못 미쳤다. 오후 여섯시를 알리는 알람 소리와 함께 문자가 왔다. 위원회 여자가 보낸 출구조사 결과였다. '백종원 예상 득표율 78퍼센트. 당선 유력'. 오차 범위 밖으로 압승이 예상됐다. 속내를 드러내지 않던 중도층이 대거 움직인 모양이었다. 〈새마을 식당〉의 칠 분 돼지김치찌개 레시피를 사회에 환원하겠다는 막판 공약이 효과를 거둔 걸까? 물건을 제대로 썼다면 53퍼센트로 신승했을 것이다. 높은 득표율이 위원회에는 오히려 잘된 일이 아닐까 생각이 들었는데, 그렇지도 않은 모양이었다. 멀리서 회색 승합차가 둑길을 따라오는 게 보였다. 얼굴이 홀쭉하고 긴 여자는 조수석에서 내리지도 않고 내게 종이 한 장을 들이밀었다.

"구^{3}씨, 당신을 구이구, 구칠구 형제 살인 혐의로 체포합니다. 당신은 묵비권을 행사할 수 있고, 변명할 기회가 있으며, 지금부터 하는 진술은 법정에서 불리한 증거로 쓰일 수 있습니다. 변호사를 선임할 권리도 있으니 당신에겐 꽤 많은 권리가 있는 셈이죠. 아! 수갑을 어떻게 채우지? 경찰 아저씨, 이 분 구체라서 수갑을 못 채우겠는데요."

"살인요? 제가요?"

"당신이 구이구와 구칠구를 사라지게 한 건 맞잖아요. 그런 일을 하고서 용서받을 수 있는 사람은 없습니다. 존재하는 사람을 완전히 사라지게 해도 되는 건 신뿐일 테니까요."

맞는 말이었다.

"배치 크라우더는 약속을 지키지 않았고, 당신이 그를 보증했죠. 어떻게든 책임이란 걸 져야 합니다. 이건 선거 결과와 무관해요."

내가 방향의 분별 없이 완전히 둥근 구체라서 체포 절차에

애로 사항이 있었다. 일단 수갑을 채울 수 없었고, 포승줄로 둘러 감아도 둥근 표면 때문에 줄이 미끄러져 흘러내렸다. 경찰 일행 중 말단 순경 하나가 손을 들고 나섰다. 자신이 경상북도 울진의 죽변 출신인데 어려서부터 뱃일하는 삼촌을 따라다니며 매듭짓는 다양한 법을 배웠다는 거였다. 순경은 자신만만했다. 줄 하나만 있으면 돌도 묶고 공도 묶고 손톱만한 콩도 묶고 그러고 놀았다며 맡겨달라고 했다.

순경은 정말 매듭을 잘 묶었다. 나는 졸지에 여러 끈으로 묶인 여름철 수박 같은 꼴이 되었다. 차에 오르기 전 여자가 담배를 권했다. 나는 묵묵부답으로 거절했다. 손이 있다면 손사래를 쳤겠지만 손이 없다고 몸을 흔들기엔 자존심 상하는 상황이었다.

그때 여자의 전화벨이 울렸다. 여자는 발신자를 확인하더니 꽤나 심각한 표정이 됐다. 다른 쪽에 가서 한참 통화를 했다. 고개를 젓기도 하고 발을 구르기도 했다. 뭔가 마음에 안 드는 일이 생긴 모양이었다. 나와 상관없어도 좋으니 그에게 안 좋은 일이 생긴 게 맞기를 바랐다. 세탁기가 완전히 고장 나서 집안이 물바다가 됐다든가, 자전거를 도둑맞았다든가. 여자가 전화를 끊더니 한숨을 쉬며 내 앞으로 왔다.

"계획이 좀 바뀌었습니다."

"누구예요? 누군데 그렇게 짜증내면서 전화를 받아요? 집주인?"

"윗분요. 한참 위에 있는 분. 아, 그렇게까지 위는 아니고 지상에서 위에 계신. 당신을 놓아주라고 하네요. 너무 완벽한 구체라서, 우리가 감당하기엔 어려움이 있다고 해요. 운이 좋은 편이군요."

"어떤 사람에겐 운명적인 운이 있죠."

"축하합니다."

"그리고, 가는 길에 저 좀 내려주시겠어요? 마트에 돌아가야 하거든요."

썰물처럼 사람들이 빠져나가고, 묶인 데 없이 자유롭게 움직이게 된 나는 굴러다닐 힘조차 남지 않아 책상에 기대앉아 있었다. 앞으로의 일에 대해 생각해보았지만 영사기가 꺼진 영화관의 은막처럼 머릿속이 캄캄하게만 느껴졌다. 혹시 영화가 더 이어지지 않을지 헛된 기대를 하며 앉아 있는 사람이 나였다. 실내등이 켜지고, 엔딩 크레디트가 전부 올라가고, 다음 회차를 위해 영화관을 청소하는 사람들이 들어왔는데도 버티고 있는 사람. 결국에는 쫓겨나고서 그럼 이제 어디로 가지? 하며 서성이는 기분이었다.

엄마가 올 거라고 생각은 했다. 깜박 잠에 들었다가 눈 없이 눈을 떴을 때 내 앞에는 접이식 의자를 가져다가 앉은 엄마가 있었다. 엄마는 내 기척으로 내가 깬 것을 알아차리고는 내 둥근 곡면을 손바닥으로 쓸어내렸다.

"네가 잠든 걸 지켜보는 것도 정말 오랜만이야. 갓난아기일 때나 그랬으니까. 좋은 꿈 꿨니? 꿈은 중요하지. 문이고 열쇠고 프리미엄 구독 없이 평생 볼 수 있는 영상 플랫폼이잖아."

"어떻게 들어오셨어요?"

"내가 마음먹고 들어가려는데 못 들어가는 곳은 없단다."

"피곤하네요. 좀 쉬고 싶은데."

"그래, 고생한 것 안다. 먼길 다녀온데다 위원회까지 와서 괴롭혔으니. 그래도 이렇게 전부 다 잘 풀려서 다행이야. 고생했어. 고생 많았어."

"……"

"이제 내놔."

"……"

"빨리."

"엄마 것도 아니잖아요."

"그래. 네가 내놓아야 내 것이 되겠지."

"내가 줘도 그건 엄마 게 아니에요. 기도하는 분이 왜 모르세요? 그게 세상일을 뒤틀리게 하고, 엄마 역시 그렇게 만들 거라는 걸요. 그걸 원하는 것만으로도 엄마는 이미 정상이 아니에요. 거울 한번 보세요. 욕망과 집착에 찌든 미친 사람이 서 있을 테니까요."

"기도…… 지긋지긋한 기도…… 다른 사람을 위해 드리고, 열쇠 찬 영감을 위해 올리고, 나를 위해서는 한 번도 드린 적이 없는 기도다. 때려치울란다. 나는 이제 사람들이 나를 위해 기도하게 만들 거다. 세상에서 제일 높은 사람이 돼서 말이다."

"엄마, 세상에서 제일 높은 사람은 미국 대통령인데, 엄마는 미국 대통령이 될 수 없어요."

"……그건 맞는 말이다. 그럼 남한에서 제일 높은 사람, 적어도 헌법적 권리로 그걸 보장받는 사람이 되면 되지. 오 년만 기다리면 돼. 기다리는 것에는 이골이 났어. 그때가 되면 새벽 기도 같은 것 안 드리고, 칼 들고 춤추는 대신 칼을 휘두르련다."

"베드로가 엄마를 미워하지 말라고 하더라고요. 그럴 수 있을지 모르겠어요."

내 말을 들은 엄마의 눈이 광인처럼 빛났다.

"역시, 거길 갔구나. 내가 꿈에서 본 게 맞았어. 그럼 그게 어딨는지도 알겠다. 바로 앞에 두고도 쓸데없는 곳을 보고 있었구나."

"엄마를 이진솔이라고 불렀어요. 나를 진솔이 아들이라고 했어요. 그분은 기억하고 계세요. 엄마의 처음 모습을."

마지막으로 인정에 호소해봤다.

"웃기는 양반이네. 내 끝 모습은 모를 거다. 이제 보여주겠어. 네가 주지 않아도 가져가마."

엄마가 내 몸통을 붙잡고 그 안으로 머리를 들이밀기 시작했다. 씨발 뭐하는 거야.

"엄마…… 아, 아파요!"

"이 안에 있는 거 안다. 전부 꿈에서 봤지. 나는 꿈에서 다 본다. 그리고 거기서 난 이걸 갖고 있었어. 세상에서 가장 존귀한 존재가 돼 있었지. 이제 그렇게 될 거다. 말했지. 내가 마음먹고 들어가려고 하면 못 들어가는 곳이 없다고. 조금만 참아라. 필요한 것만 갖고 갈 테니. 그뒤로는 너는 너대로, 나는 나대로 살면 된다."

엄마가 바깥과의 경계가 되는 막을 통과해 내 안으로 들어왔다. 힘을 줘봤지만 밀어낼 수 없었다. 이젠 거의 양어깨 전부가 들어와 있었다. 칼날 같은 엄마의 손톱이 내 피부를 뚫었다. 어째선지 이 감각이 낯설지 않았다. 구천구였던 마지막 순간 구칠구가 내게 했던 일이 생각났다. 칼이 허벅지를 뚫고 들어오던 그때처럼 온몸이 뜨거워졌다.

"어딨냐. 여기 넣어놓은 거 안다. 너무 캄캄하네. 불이라도 좀 켤 수 없냐."

허리까지 들어온 엄마의 몸이 내 몸을 휘저었다. 어쩌면, 어쩌면 내 경계를 단단하게 만들어 이 모든 걸 끝낼 수 있을지도 모른다. 그렇게 할 수 있다는 생각이 들었다. 들어와 있는 만큼의 엄마를 가두고, 엄마의 나머지 몸을 바깥으로 튕겨낼 수 있을지도. 엄마가 아무리 독한 사람이라 해도 몸뚱이의 반만으로 생명을 유지할 수는 없을 것이다. 칼로 베이는 것과 다르지 않을 테니.

하지만 그래도 될까? 내가 그렇게 할 수 있을까? 그렇게 해버린 내가 살아갈 수 있을까?

"제발, 제발 그만해요. 내장이 쏟아질 것 같아요."

"너에겐 그런 것이 없어. 그만하게 하는 방법을 너는 알잖니."

엄마의 목소리가 뱃속에서 왕왕 울렸다.

"오, 제발. 주여!"

"아아아아멘이다, 내 아들."

"주여! 이 씨발 새끼야!"

그 순간 엄마의 몸 전체가 내 안으로 쑥 들어왔다. 내가 한 일이 아니다. 신도 아닐 것이다. 신은 굳이 그런 일을 하지 않는다. 이진솔의 아들 구이구, 구칠구의 무언가가 그랬다. 이제 완전한 형태로 존재하진 않지만, 잠시 내 안에서 욕망으로 살아난 거다. 자신들을 낳은 이와 함께하려고. 영원한 무의 공간 속에서 외롭지 않으려고. 혹은 일종의 층간 소음 때문에 짜증이 잔뜩 나서, 원래 하던 대로 누구에게나 함부로. 일어났던 쌍둥이의 존재감이 천천히 흐려졌다. 뱃속에서 요동치던 엄마는 조용해졌다. 그리고 무화됐다. 자신이 아끼던 두 아들과 함께. 밖에서 빗소리가 들렸다. 지붕을 두드리는 그 소리는 더욱 거세졌다. 언제까지고 그치지 않을 것처럼 세차게 비가 내리기 시작했다.

꺼어어어어어어ㅓ어어ㅓ어ㅓㅓ어어ㅓ어어어ㅓ거어어ㅓ어ㅓ어어어엉어ㅓ어어어어어어어억.

입 없는 내가 입이 아닌 몸 전체로 트림했다.

17

진짜 이젠 아무것도 하고 싶지 않다

진짜 이젠 아무것도 하고 싶지 않다. 너무 지친다.

18

손 없이 다섯 개의 쟁반을 들 수 있어서 할머니가 좋아했다

마트를 내놓은 지 한 달이 돼가도록 보러 오는 사람이 없었다. 비가 계속 내려서 밖에 다니는 사람이 없기 때문인가 싶기도 했지만, 그렇지만도 않았다. 애초에 이렇게 큰 마트가 들어올 만한 동네가 아니었다. 공장으로 쓰자니 인구가 적어 일할 사람 구하기도 마땅치 않을 것이었다. 그냥 놀았다. 배가 고플 일은 없었지만 가끔씩 〈미륵 떡볶이〉에 가서 기우란 할머니의 일을 도왔다. 손 없이 다섯 개의 쟁반을 들 수 있어서 할머니가 좋아했다.

아무도 나를 귀찮게 하지 않았다. 위원회도. 경찰도. 천상천사도.

가끔 발신자 표시 제한으로 사장님에게서 전화가 왔다.

"얼른 가게나 팔아. 그거 반은 너 갖고 반은 나한테 부쳐라."

"계좌번호도 모르는데 어떻게 부쳐요."

"그냥 아무데나 부쳐. 아무 번호나 누르고 부치면 돼. 돌고 돌아서 나한테 올 테니까."

"저 이제 뭐해요?"

"뭘 할지 고민이냐? 부럽네. 도망 다니는 사람한테 그런 자랑 하는 거 아니야."

"뭘 하라고 시키는 사람이 없으니까 답답해 죽겠어요. 저한테 이래라저래라 잔소리 좀 해주세요."

"뭐래. 내가 마트에 있을 때도 너한테 그런 잔소리 안 했는데."

"그러게요. 사장님, 사장님은 좋은 사장님이었어요."

"그래. 너는 우리 가게의 유일한 직원이었고."

"사장님, 언젠가 다시 볼 수 있겠죠?"

"우리가 다시 볼 만큼 세상이 어지러워지면. 그땐 나한테 침이라도 뱉고 싶을 거다."

"그땐 소주 한잔 사주세요."

"……"

"……"

"얼마든지."

전화를 끊으면 또다시 공허함만 밀려들었다. 간판을 내렸는데도 혹시나 하고 찾아오는 손님들이 있었다. 그렇다고 드릴 것도 딱히 없어서 잔뜩 쌓아둔 라면이나 몇 개 선물로 드렸다.

원세훈이 자주 와서 라면을 받아갔다.

백종원이 자기 가게의 모든 지점을 본점으로 만들겠다는 계획을 발표했고, 그 정책이 갖는 의미를 아무도 이해하지 못했다.

계속 비가 내렸다.

그렇게 비 오는 날 우산 없이 비를 맞으며 마트에 찾아온 남자가 있었다. 온통 젖은 그의 재킷 안으로 로만 칼라가 보였다. 그는 내게 이진솔씨의 아들이 맞냐고 물었다.

"여기로 가면 이진솔씨의 아드님을 만날 수 있다고 하더라고요. 분식집 사장님이."

"네, 전데요. 무슨 일이시죠?"

"댁의 주소가 이게 맞나요? 가봤는데 아무도 없어서요."

비에 젖어 글자가 번진 쪽지에 우리집 주소가 적혀 있었다. 그러고 보니 마지막으로 집에 간 게 언제인지 기억도 나지 않았다. 제단의 과일이 다 썩어서 파리가 날리고 있을 거다. 베드로에게도 죄송한 일이라 한번 들러야겠다고 생각했다.

"맞는데, 아무도 없을 거예요."

"네. 아무도 없어서 이리로 왔습니다."

"네."

"다들 어디 갔나요? 이진솔씨에게 쌍둥이 아들이 있다고 들었어요."

그제야 나는 남자의 얼굴을 찬찬히 들여다봤다. 그의 눈을, 코를, 입과 귀를 따로따로 보고, 또 모아서도 보았다. 내가 아는 사람의 얼굴을 떠올리고, 퍼즐 맞추기 하듯 그것을 섞고, 다른 사람으로 만들어보고 같은 사람으로 맞춰 내기도 했다.

"이진솔씨는 없어요. 우리 어머니는 이제 억조창생 여사입니다. 스스로 창성창본 하고 개명해서 인천 억씨의 시조가 되셨죠. 그의 아들 구이구와 구칠구는 쌍둥이가 맞고요."

"어딨습니까."

그 질문에 대해서는 아무 말도 하지 못했다. 그러자 이번에는 남자가 나를 천천히 살펴보기 시작했다. 아래의 곡면과 위의 곡면에는 아무 차이가 없을 것이다. 좌우와 상하의 분별도 없는 완벽한 구체인 것을 알아봤을 것이다. 하지만 나는 그가 보고 있는 것이 매끄러운 나의 표면이 아님을 느꼈다. 그는 껍질 너머의 내면을 알아차릴 수 있었다. 오래 기도한 사람이기 때문이었다.

그가 내 앞에서 기도했다. 같은 기도를 세 번 올렸다.

이제와 저희 죽을 때에, 저희 죄인을 위하여 빌어주소서.

이제와 저희 죽을 때에, 저희 죄인을 위하여 빌어주소서.

이제와 저희 죽을 때에, 저희 죄인을 위하여 빌어주소서.

나는 남자가 떠난 뒤에도 한참을 문 앞에 서 있었다. 비가 계속 내렸다.

코끼리 아저씨를 다시 만난 건 로터리에서가 아니었다. 아, 회전 교차로지. 아저씨가 수레를 끌고 마트 앞에 온 거다. 코끼리가 있던 자리에 쌓여 있는 세간이 단출했다. 비에 젖은 수레바퀴는 흙탕물을 뒤집어쓰고 있었다.

"폐업인가요?"

"네, 그렇게 됐어요."

"한곳에 너무 오래 머물렀더니 이제 지겨워요. 떠나는 길에 필요한 물건이나 사려고 했는데, 아쉽게 됐군요."

"라면 좀 드릴까요?"

"좋죠. 진라면 순한맛이라면요."

"신라면인데."

"그럼 괜찮습니다."

우의를 덧입은 아저씨가 사양의 의미로 두 손을 모아 합장했다. 손 없는 나는 제자리에서 두 번 회전해 아저씨의 인사를 받았다. 아저씨가 나를 보며 천천히 고개를 끄덕였다.

"멋진 무빙이네요. 끊김도 거스르는 것도 없이 자연스럽고 거침없어요. 의식하는 바도 주저하는 바도 없이 몸에 익어서 부드러워요. 손이 없는데 문은 어떻게 열고 닫나요?"

나는 손 없이 수레를 지면에서 살짝 들어올렸다가 흙탕물이 튀지 않도록 조심스럽게 다시 내렸다.

"굉장해요."

"감사합니다."

"나한테 감사할 것 없어요. 누구의 도움도 받지 않고 그렇게 된 것일 테니까. 스스로에게 감사하는 편이 낫죠."

"어디로 가세요?"

"지금 마음을 정했습니다."

"그래요? 어디로요?"

"어디로 가는지는 중요하지 않아요. 그쪽과 함께 가야겠다는 생각을 했어요."

"예?"

"언제까지 빌어먹으며 지낼 수는 없으니 저도 다시 일을 해야 해요. 근데 제게는 이제 코끼리가 없죠. 코끼리는 그림도 그리고 노래도 하고 열다섯 개국의 언어로 '행복하세요'란 말도 할 줄 알았는데 나는 그저 비쩍 마르고 볼품없는 아저씨일 뿐이잖아요. 그래서 할 수 있는 게 없다고 생각했어요. 근데 그쪽을 보니까 알 것 같네요. 가는 길에 내가 왜 여기를 들렀는지요. 어떤 사람이든 신기한 걸 보면 멈추고 구경하게 돼 있어요. 당신의 움직임은 이제껏 내가 보고 겪은 것들 중에 가장 신기하고 놀라워요."

"아."

"저의 코끼리가 되어주지 않겠어요?"

재밌을 것 같았다. 코끼리 아저씨는 세계 곳곳을 다니니까. 일을 잠시 쉬긴 했지만 여전히 연락이 닿는 행사 관계자들이 있을 것이고, 한 번도 이 동네 밖으로 나가본 적 없는 나는 새로운 구경을 할 수 있을 것이다. 사장님에게 물어보지 않아도 될까? 괜찮을 거 같았다. 사장님이라면 이해해줄 거다. 그런데 아직 해결해야 할 일이 하나 남아 있었다.

"제가 아직 마무리 못한 일이 있어요."

"뭔가요?"

"복수가 필요해요."

"그래요. 언젠가 그런 이야기를 내게 해준 것 같네요. 복수는 중요하죠. 복수를 해야 한다니, 내가 도울 일이 있을까요? 어떤 복수라고 했죠?"

"제 복수는 아니고, 손님이 복수를 구해달라고 했어요. 원한도 없고, 복수할 대상도 없는데 꽃처럼 두고 볼 복수를 갖고 싶다고요."

"박치국 사장님의 샌드위치에 보답을 할 때가 된 거군요."

아저씨가 인자하게 웃으며 말했다.

"복수가 중요한 건 모든 일이 인과의 그물 안에 있기 때문이죠. 이 일이 있으면 저 일이 있고, 저 일이 있으면 이 일이 있는 거예요. 복수의 결과로 업이 생기고 업이 또 복수를 만들면서 세상이 굴러가죠. 아무도 세상의 업장을 전부 소멸시키지는 못해요. 모두가 열반하면 세계는 책상에 쏟은 알코올처럼 증발하고 말 거고요. 그러니 인과를 떠난 복수를 구하는 사람이 있다면, 그에게는 세계를 지우려는 나쁜 의도가 있다고 할 수밖에요."

"나쁜 사람처럼 보이지는 않았는데."

"전에 말했죠. 배치 크라우더도 사거나 팔 수 없는 게 있다고. 무언가를 사거나 팔 수 없게 만드는 것은 아무도 얻을 수 없어요. 그걸 구하는 사람이 있다면, 세상을 멈추려는 사람입니다. 상想 없는 복수를 구하는 사람처럼요."

"그럼 어떻게 해요? 주문을 받아놨는데."

"도망가야죠."

"그래도 돼요?"

"그래도 됩니다. 그럴 수밖에 없고요. 당신의 사장님이 이미 보여줬잖아요. 계약도 복수와 같아요. 인과율의 세계에서 약속은 곧 법이 되죠. 잘못된 약속이라고 해도 깰 수 없어요. 약속을 깨면 깨진 약속이라는 새 약속이 생기고, 그걸 외면하면 외면된 약속이 또 생기고…… 끝이 없어요. 그러니 그냥 도망가야죠. 턱밑까지 쫓아오기 전까지 어찌어찌 도망 다닐 수밖에요."

"턱밑까지 쫓아오면요?"

아저씨는 곰곰이 생각하는 표정으로 하늘을 봤다. 검은 하늘에서 쌀알처럼 떨어지는 빗방울을 얼굴로 받아냈다.

"대가를 치러야죠."

모든 일에는 대가가 따른다. 어디로든 갈 수 있지만 원하는 곳에는 갈 수 없어진 배치 크라우더도 자신에게 주어진 대가를 치르고 있다. 그걸 알기에 불평하거나 원망하지 않는 거다. 아저씨는 뭔가를 알고 있었다. 세상의 이치나 비밀 같은 것을.

"어떻게 그렇게 많이 깨달으셨어요?"

나는 진심으로 궁금해져서 물었다.

“저는 깨달은 게 없어요. 언제나 코끼리가 깨달은 존재였죠. 그와 함께 다녀서 조금 알게 된 것이 있을 뿐입니다.”

“갈게요. 같이 갈게요. 저를 고용하세요. 제가 사장님의 코끼리가 될 테니, 저의 새로운 사장님이 되어주세요.”

“저는 코끼리와 함께하는 사이였어요. 그를 고용한 적은 없습니다. 같이 걷는 사람은 도반이에요. 그런데 제가 당신을 뭐라고 불러야 하나요? 이름 한번 물어본 적 없네요.”

나는 구천구였다. 그리고 구^{3}이다. 내 안에 이구와 칠구가 있고 이진솔이었던 억조창생 여사가 있다. 나는 이진솔의 아들 구천구, 그리고 구^3. 박치국인 배치 크라우더의 직원. ‘프라이스 킹’ 배치 크라우더, 그의 사업장 〈킹 프라이스 마트〉의 유일한 직원. 박치국의…… 친구. 이제는 코끼리 아저씨의 코끼리가 되려고 한다.

너무 긴 이름은 필요 없다.

“코끼리라고 불러주세요.”

나는 이제 코끼리다.

아저씨와 함께 수레 뒤의 짐을 정리하고 내 자리를 만들었다. 한몸 놓을 자리가 간신히 생겼다. 내 자리를 만드니 수레 밖으로 밀려나는 것들이 생겼다. 넘치지 않도록 수레를 덮을 천막 같은 것이 필요했다. 아니면 그물이나.

내게 그물이 있다. 뱃속에서 그걸 꺼냈다.

아저씨가 두 손으로 그물을 잡고, 투망하듯 수레를 덮었다. 줄과 그물을 묶어 고정하고, 내가 구르지 않게 고임돌을 받쳐 주었다. 일을 마친 아저씨가 그물을 이리저리 살피며 말했다.

"참 좋은 그물이네요. 아직 젖어 있어요. 이끼도 숨쉬고 있고요. 얼마 전까지 쓰던 그물인가봐요. 튼튼하고, 오랜 세월을 버텨온 힘이 있어요. 너무 많은 힘이 있군요. 이건 정말, 이런 데선 보기 힘든 물건이에요. 이런, 여기 물건이 아닌 것 같은데요."

아저씨가 걱정스러운 눈으로 그물과 나를 번갈아 쳐다봤다. 나는 대답 대신 하늘을 봤다. 눈 없이 보는 내가 하늘을 보는 것을 아저씨가 알아차렸다.

"출발합시다. 아저씨."

"그래요. 코끼리."

이 동네에서 나는 평생을 살았다. 원해서 그런 것은 아니었

다 많은 것이 내 의지와 관계없이 주어졌다. 아무리 부딪쳐도 해결되지 않는 어려움은 주로 그런 것에서 왔다. 태어난 곳, 가족, 이름 같은 것들. 구천구라는 이름이 나는 싫었다. 거꾸로 해도 구천구인 게 싫었고, 이구와 칠구를 상기시켜서 내 이름을 부르기 싫었다. 잠시였지만 구[3]이어서 좋았다. 나 스스로 깨달은 이름이어서 좋았고, 이젠 코끼리가 돼서 좋다. 이름을 바꾸는 건 집안 내력인가보다. 원치 않아도 젊어져야 하는 것이 있다. 다만 나는 아무도 모시지 않겠다. 나 자신을 등불로 삼을 거다.

수레가 움직이기 시작했다.

이 개 같은 동네. 내가 태어나고 자란 동네. 기우란 할머니가 있는 동네. 〈미륵 떡볶이〉가 디포리와 멸치를 끓여 만든 육수를 이 리터에 칠천원 받고 파는 동네. 엄마가 새 이름을 짓고 이사온 동네. 쌍둥이 형들이 나를 때리던 동네. 내가 맞고 다닌 동네. 내가 취업한 동네. 〈킹 프라이스 마트〉가 생긴 동네. '프라이스 킹' 배치 크라우더가 선택한 동네. 그가 잡혀간 동네. 그가 아주 떠나버린 동네. 어떤 금고가 있는 동네. 코끼리는 이곳에서 세상과 작별했다. 가끔 그리워질 것이다. *나는 지금 그곳을 떠나고 있다.*

안녕.

19

비에 젖은 길을 간다

비에 젖은 길을 간다.

마을을 벗어난 지 얼마 되지 않아 수레가 멈추어 섰다.

여기 사람이 있다. 앞서가던 이가 말했다.

슬피 우는 사람이 길을 가로막고 있었다.

그는 온몸으로 울었다. 멈추지 않으면 내장이 쏟아질 것처럼 울었다.

나는 그 사람을 알아봤다. 견딜 만한 불행을 구하던 사람이었다.

앞에 선 이가 멈춰 서서 수레를 한참 뒤졌다. 망각을 찾아 건넸다.

그 사람이 연신 허리를 굽혀 인사했다. 울던 얼굴이 여전히 울고 있다.

수레는 다시 움직인다. 어디로 향하는지 아직 모른다.

심사평

강지희(문학평론가)

『프라이스 킹!!!』은 자본주의와 한판 경쾌하게 겨루다 돌연 우주에서 폭발해버리는 작품이다. 소설은 장난스럽고 가벼운 어조로 작은 동네에 〈킹 프라이스 마트〉가 오픈한 사건을 묘사하며 시작한다. '여기에 없는 물건? 천국에도 없어!'라는 마트의 기조가 의미하는 바는 선명하고, 그곳에서 일하며 어떤 선거에서든 53퍼센트의 득표율로 승리하게 하는 '베드로의 어구'를 구해야 한다는 미션이 의미하는 바도 꽤 확실하다. 이 상징들에는, 이 세상 너머에 무량히 증대하는 '나유타'와 같은 종교적 세계가 있지만 이 세계는 자본주의의 무한한 욕망과 투표에 기대는 민주주의적 낙관이 뒤엉킨 채 굴러가는 중이라는 의식이 깔려 있다. 과감한 서사 전개나 큰 동력으로 작동하는 유머가 때로는 생동감을 넘어 다소 부담스럽게 다가올 때도 있었지만, 작가적인 인장이 뚜렷한 작품임은 틀림이 없었다. 무엇보다 흘러넘치는 에너지가 만들어낸 후반부의 장면들이 이 소설이 당선작이 될 수밖에 없다는 것에 동의하게 만들었다. 거대한 구가 된 주인공이 형제를 집어삼키고 급기야는 엄마까지 완벽한 구체 안에 합일된 채 소멸했을 때, 나는 이를 자본주의를 안에서 깨부수는 내파의 장면으로 읽었다. 그리고 그 순간 제도에 대한 흐릿한 희망 대신, 우주에서 일어나는 폭발처럼 힘센 파열이 보고 싶었다는 것을 깨달을 수 있었다. 인과의 그물을 벗어나 떠도는 코끼리가 된 결말이 관념적이라는 지적은 어렵지 않겠지만, 서사를 장악하며 특유의 유머 감각으로 그 관념을 무리 없이 설득시키는 데 이르는 일이 결코 쉽지 않다는 것을 모두가 알고 있을 것이다. 당선을 축하드린다.

김건형(문학평론가)

고심을 거듭한 끝에 본심에 추천한 작품은 『프라이스 킹!!!』이었다. 솔직히 말해 유머와 냉소를 과시하는 남성 성장 서사, 즉 남성 이야기꾼의 자족적 자아 찾기의 전통을 상기시키는 면이 있어 추천을 다소 망설이기도 했다. 하지만 이 소설을 그런 자기애가 반복되는 작품으로만 한정하고 싶지는 않았다. 우려를 상쇄할 만한 장점이 명확하기 때문이었다. 우선 현실 법칙을 초월하는 새로운 세계를 향해 질주하는 속도가 압도적이었다. 독자를 애써 납득시키려는 노력을 하지 않음에도 어째서인지 이 기묘한 세계에 납득되고 말았다. 이질적 요소들을 쉬지 않고 결합하며 현실에 균열을 내는 서술자의 태도가 너무 자신만만하고 능청스러워서, 어쩌면 이 소설의 약점으로 느껴질 수도 있을 혼돈에 대해 한 치의 의심도 할 수 없게 만들었다. 자본의 확장이 극한에 도달하면 세계의 잉여뿐만 아니라 기실 자기 자신까지 흡수해버린다는 것, 그리고 그 안에서는 필연적으로 균열이 발생한다는 것을 환상적 장치로 보여준다는 점에서 배포가 큰 소설이라고 생각했다. 망설임을 확신으로 바꾸어준 작품에 축하를 보낸다.

김미정(문학평론가)

『프라이스 킹!!!』은 좀처럼 예측하기 어려운 서사의 방만함 자체가 신선했다. 문장 하나하나마다 작가의 내공이 충분히 감지되었다. 최근 수년간의 소설에 대한 변칙구임이 분명했다. 개인적 호불호와 별개로 독자를 잡아끄는 힘이 특히 강점이었다. 세상 모든 이질적인 것들이 환유적으로 연결, 구축되는 이 난삽한 세계에서, 길과 속도감을 잃지 않으면서 단숨에 독파할 수 있었다. 물론 이것이 아예 새로운 것이 아님은 물론이다. 이를테면 지난 시절 독자를 들었다 놓았다 하던 국내외 작가들이 떠오르지 않은 것도 아니었다. 그러나 한편 우리는 모두 무언가의, 누군가의 상속자 아닌가.

즉, 이것을 반드시 단점이라고 할 수만은 없었는데, 예컨대 이 소설이 이미 한 시절을 풍미하고 잊혀진 듯한 근대적 교양소설의 꽤 흥미로운 변형태로 놓여 있기도 한 탓이었다. 구체적으로 이 소설이 상속한 것이 무엇인지 꽤 노골적으로 보여주는 것은 결국 결말부였다고 생각한다. '구천구'라는 이름의 주인공이 자기를 둘러싼 모든 정체성과 그것의 조건, 이제까지의 관계 모두를 자기 안에 흡수하고 뒤섞어버린 채 난데없이 스스로를 코끼리로 선언하는 대목이 그것이다. 흥미롭게도 이 새로운 자기 선언, 자기 명명의 서사는 근대적 의미의 소설의 큰 지분을 차지하던 교양, 그러니까 자기 형성의 기제가 어떻게 달라지는지, 그리고 그것의 젠더 형식이 무엇인지 다시 환기시키는 부분이 있어서 비평을 하는 입장에서 천착해보고 싶은 장면이기도 했다.

박서련(소설가)

『프라이스 킹!!!』은 모든 것에 대한 소설이다. 이 작품은 나고 자란 작은 마을을 한 번도 벗어난 적 없는 보잘것없는 개인이 마침내 그곳을 어떻게 떠나게 되는가를 그린 '작은 이야기小說'인 한편, 뜻하지 않은 계기와 사건을 통해 진실에 도킹하는 우주적 신화神話이기도 하다. 거창한 의의를 뒤로하고 담백하게 말하면 읽는 동안 무릎을 치며 웃게도 하고 이마를 치며 탄식하게도 하는 블랙코미디 정치 우화인데, 장면 하나하나, 대사 하나하나 독자의 예상에 내주지 않는 천방지축의 전개이면서 어설프지 않다. 새로운 이야기新話를 만들어내는 것이 문학의, 작가의 본령이라고 할 때 『프라이스 킹!!!』은 또 하나의 답이 될 수 있을 것이다.

안보윤(소설가)

『프라이스 킹!!!』은 경쾌한 리듬감과 속도감이 압도적으로 시선을 끄는 작품이었다. 방대한 양의 정보가 고른 호흡으로 전달된다는 점과 외부에 있던 시선이 내부로 옮겨오는 과정이 탁월할 만큼 자연스럽다는 점이 좋았다. 개성 뚜렷한 캐릭터들이 자신만의 목소리를 낸다는 단순한 설정만으로 이토록 담대한 서사를 가능케 한다는 점이 작가의 역량을 뚜렷이 보여주는 부분이라고 생각했다. 최고의 장사꾼이자 최악의 사기꾼으로 불리는 배치 크라우더를 전면에 내세웠지만 내게 이 소설은 일종의 성장소설로 읽혔다. 소설의 화자 구천구는 한동네에서 평생을 살아온, 한 번도 가족을 떠나본 적이 없는 인물이다. 그래도 가족인데 어떻게, 라는 생각 속에서 가족들의 무시와 폭력을 다만 견디고 있던 구천구는 돌연 동네에 들어선 〈킹 프라이스 마트〉의 사장 배치 크라우더와 만나게 되면서 비로소 세계를 감각하고 의심하고 사유하기 시작한다. 정치권과 얽힌 모종의 사건들은 구천구로 하여금 의지를 갖고 스스로 행동하게 만드는 주요한 계기가 된다. 구천구가 족쇄처럼 자신을 압박하고 있던 가족들을 부수고 찌르고 통째로 삼키면서 새로운 존재 '구^{3}'으로 거듭난다는 결말은 섬뜩

하고도 서글펐다. 게다가 이것은 완전한 각성이나 성장이 아닌, 자신을 찾기 위한 긴 여정의 시작점에 불과하다는 암시가 작품 말미에 남아 있다. '자아 찾기'라는 고전적인 주제를 답습했다는 점이 단점으로 거론됐으나 우리에게 가장 친숙한 주제를 가장 현대적이고도 낯선 방식으로 풀어낸 작가의 뚝심을 응원하고 싶다. 소설 속 인물이 어처구니없고 허황된 장면들 위를 힘차게 내달려 내면에 도달하는 방식이 내게는 한없이 즐겁고 유쾌했다. 당선을 진심으로 축하드린다.

은희경(소설가)

『프라이스 킹!!!』은 현란한 동시에 날렵하며, 어이없고 싱거우면서도 한편 묵직한 작품이다. 어떻게 이런 감상이 가능한지는 읽어보아야만 알 수 있을 것이다. 한번 펼치면 멈출 수 없기 때문에 시간이 오래 걸리지도 않는다. 상업자본주의와 대의민주주의의 우민성 같은 걸 건드리는가 싶지만 그냥 재미있는 이야기로 읽지 그러냐고 어깨를 툭툭 치는 소설. 내가 뭘 본 거지? 눈을 껌뻑이다가 불현듯 이런 게 문학이 주는 카타르시스라는 느낌이 스쳐가면서 싸해지는 소설. 문장과

묘사는 정밀하고 구성은 치밀한데 동시에 시종일관 그런 정합성을 흐트러뜨리기로 작정한 소설. 그런 점에서 유쾌하게 규격을 벗어나 있지만 그런 점에서 또 클래식하다. 독자와 작가로서, 큰 축하를 보낸다.

임솔아(소설가)

『프라이스 킹!!!』은 본심에서 진행된 첫 투표에서부터 가장 많은 지지를 받았다. 이 소설은 읽는 내내 정말이지 어처구니가 없었고, 이 어처구니없음으로 끝장을 보겠다는 작가의 신념이 필력으로 느껴졌다. 읽는 동안 몇 번이나 소리 내어 웃게 만들기도 했다. 실소와 실소와 실소로 연결되는 와중에 단단한 뼈대가 이야기를 받치고 있어서 믿음이 갔다. 당선된 작가에게 축하를 전한다.

정용준(소설가)

논의 끝에 당선작으로 결정된 작품은 『프라이스 킹!!!』이다. 모든 심사위원이 이 소설이 잘 쓴 소설이라는 데에 동의했다. 화자의 능숙한 화법과 호흡이 좋았고 모든 문장에 유머와 위트가 섞여 있었다. 허투루 흘러가는 장면이 없었고 마지막까지 긴장감이 유지되었다. 당선이 통보된 이후에 이 작가가 『스모킹 오레오』의 작가라는 것을 알고 고개를 끄덕일 수밖에 없었다. 읽는 내내 소설에서 작가의 목소리가 들렸고 작가의 것이라고밖에 할 수 없는 탄성이 장면과 문장에서 느껴졌기 때문이다. 인물을 그려내는 능숙한 화법과 외면과 내면을 오가며 풍성하게 진술하고 묘사하는 힘 덕분에 인물에게 금세 이입되고 이야기에 설득당할 수 있었다. 이 소설이 하루빨리 책으로 출간되어 심사위원들이 경험한 소설의 재미와 언어의 힘을 독자들도 느꼈으면 좋겠다.

수상작가 인터뷰 | 강보원(시인, 문학평론가)

야구 좋아하세요?

인터뷰 전날이었다. 우리는 다음날 저녁 여섯시에 만나 질문과 답변을 주고받으며 김홍이라는 작가의 삶과 문학적 궤적, 그리고 그의 역작 『프라이스 킹!!!』에 관한 이야기를 나눌 예정이었다. 김홍 작가와 나는 오래전, 흔히 습작 시절이라고 부르는 때부터 같이 글을 쓰고 이야기를 나누던 친구였다. 내가 처음 본 그의 소설은 「꾸스빠네는 그날」이라는 단편이었다. 김홍의 소설이 늘 그렇듯 어떻게 한마디로 내용을 요약하기는 어렵지만 말하자면 영화 〈벤자민 버튼의 시간은 거꾸로 간다〉를 뒤집어놓은 듯한 소설이었다. 시간이 거꾸로 가는 이야기를 뒤집어놓은 거면 그냥 평범하게 시간이 흐르는 것 아니냐는 의문이 들 수 있겠지만, 사실 김홍 소설의 미학이 그런 것 같다. 360도 돌려놓은 세계…… 그렇게 완전히 달라지기를 두 번 반복한 세계에서는 이제 어떤 일이든 일어날 수 있는 것이다. 아무튼, 「꾸스빠네는 그날」부터 시작하면 좋을까? 아니면 황당한 유머에 대해서, 혹은 어처구니없는 설정을 끝까지 밀고 나갈 수 있는 용기가 어디서 오는지에 대해서부터? 그렇게 첫 질문을 무엇으로 하면 좋을지 생각하고 있었는데 카톡이 하나 왔다. 김홍 작가였다.

김홍 보원아 네시쯤으로 가능한지? 생각해보니 내일 저녁에 야구 봐야 함;

보원 엥

그래서 나는 첫 질문을 이렇게 정했다.

Q. 한국인에게, 그리고 김홍에게 프로야구란 무엇이라고 생각하는가? LG의 팬이 된 계기를 말해준다면?

A. 이름은 바꿀 수 있어도 응원하는 팀은 못 바꾼다. 간혹 바꾸는 경우도 있던데 그건 자기 자신을 속이는 거라고 생각한다. LG는 어릴 때 아빠 손 잡고 야구장 가면서 처음 응원했고 그뒤로는 한

동안 야구 안 봤다. 너무 못해서. 그러다 2014년에 회사 그만두고 놀고 있을 때 할 게 없어서 다시 보기 시작했다. 야구 경기를 처음부터 끝까지 매일 보면 선수들이 잘하든 못하든 몰입할 수밖에 없다. 일일 드라마 같은 거다. 그저께 한국시리즈 2차전 보다가 박동원이 홈런 치는 거 보고 울었다. 키움에 있을 때 많이 미워하던 선수였는데…… 일일 드라마 같은 거다.

이것이 김홍 작가의 요청대로 네시에 만나 나눈 첫 이야기였다. 소설 이야기를 해야 했지만, 아무래도 시작이 이렇다보니 카페에 자리를 잡고 나서도 자연스럽게 스포츠에 대한 이야기가 이어졌다. 사실 어떤 팀을 응원해보지 않은 입장에서는 스포츠 팬이라는 게 그렇게 이상해 보일 수가 없다. 스포츠는 아무것도 아니다. 나랑 상관없는 사람들이 나랑 상관없는 사람들과 경기를 해서 돈을 받고 대부분 아주 드물게 영광과 기쁨을, 많은 경우에는 좌절을 맛본다. 이해할 수 없는 건 그 기쁨과 좌절이 마치 내 것처럼 느껴진다는 것이다. 심지어 선수 본인보다 더 격렬한 감정을 느끼는 경우도 허다하다. 프로 선수들은 직업적 플레이어로서 승리와 패배가 끊임없이 반복되고 이어지는 환경에 놓여 있다보니 그에 대처하기 위한 정신적 능력을 갖추는 것이 필수적이다. 반면 (초보) 팬들에게 그런 능력이 있는 경우는 드물기 때문에 경기 결과에 훨씬 더 영향을 많이 받기도 하는 것이다. 응원하는 팀이 패배의 수렁에 빠져 있을 경우 그들은 극도의 스트레스에 시달린다. 일상생활에 차질이 생기는 경우도 많다. 세상이 밉고, 내가 사랑하는 구단이니까 그럼 그냥 내가 내 손으로 폭파시키고 모든 고통을 끝내고 싶다. 하지만 그러다가도 선수들이 한 번 멋진 모습을 보여주면…… 심지어 프로 선수는 돈을 받고 경기를 뛰지만, 팬들은 돈을 지불하고 경기를 본다. 그러니 이들의 '과몰입'은 이를 겪어보지 못한 사람에게는 낯설고 생소해 보일 수밖에 없다. SBS에서 절찬리에 방영했던 야구 드라마 〈스토브리그〉에는 팀의 간판선수를 트레이드한 것에 항의하기 위해 팬들이 구단 건물 앞에서 시위를 하는 장면이 있다. 평일 낮이기에 자영업자들은 가게문을 잠시 닫고, 회사원들은 연차를 내고 모였을 것이다. 이를 이해할 수 없었던 구단 사장은 옆에 서 있던 직원에게 묻는다. "야구라는 게…… 취미잖아. 야구 보는 거 취미 아닌가? 취미에다가 생업을 걸어?" 이 질문에 직원은 약간 당황하다가 이내 이렇게 대답한다. "사장님. 그런…… 사람들이 있습니다. 취미에다가 생업을 거는…… 그런 사람들이 있습니다."

그렇다. 그냥 그런 사람들이 있다고 말할 수밖에 없는 사람들이 있다. 분명 스포츠는 환상이다. 그러나 스포츠 팬들은 모든 환상이 그렇듯, 자신이 놓지 못하는 이 환상 속에 자신의 가장 중요한 무엇인가가 있다는 것을 안다. 나와 아무런 관련이 없기 때문에 나와 가장 강하게 연결되어 있는 어떤 것이 말이다. 게다가 어쩌면 소설이란 원래부터가 내가 모르는 것과 관계를 맺는 일, 모르는 것에 대해 상상해보는 일인지도 모른다.

Q. 김홍 소설에 종종 등장하는 '사장님'에 대해 간단히 설명해준다면?

A. 돌이켜보면 나는 한 번도 이야기 나눌 수 있는 사장님을 가져본 적이 없다. 사장이 너무 멀고 높이 있는 회사나 사장이 없는 공공기관 비슷한 곳에서 일했다. 그래서 나한테 사장은 좀 신비화돼 있다. 사장에 대해 잘 모르고 쓴 사장들이다. 그런 것에 대해 쓸 때가 재밌는 것 같다. 위원회에 대해 잘 모르면서 위원회 쓰기. 장사에 대해 모르면서 장사 쓰기. 사실 소설에 대해 모르면서 소설을 쓰는 것 같기도 하다.

말을 마친 김홍은 잠깐 뜸을 들이더니 자신은 사실 야구도 잘 모른다고, 하지만 진실을 말해주자면 야구를 잘 아는 사람은 아무도 없다고 덧붙였다. 음, 다시 야구 이야기? 나는 어렵게 야구로부터 벗어나 소설 이야기를 시작했다고 생각하고 있었기에 애써 잡은 이 흐름을 놓치고 싶지 않았다. 빨리 다음 질문을 해야겠다는 생각으로 준비해온 질문지를 필사적으로 뒤적거리는데, 김홍이 피식 웃으며 눈 깜짝할 사이에 내 손에서 질문지를 채갔다. 순식간에 일어난 일이었다. 그리고 그는 내가 뭐라 입을 열기도 전에 지금 질문지가 중요한 것이 아니라고, LG가 이번 시리즈에서 승리한다면 자그마치 이십구 년 만에 우승하는 것이라고, LG 팬에게는 이번 기회가 너무도 중요하다고, 꿈이 목전에 있는 것이나 다름없으며 사실 자신은 이미 LG가 우승을 했다고 생각한다고 말했다. 김홍은 말하는 내내 옅은 미소를 띠고 있었는데 그 눈에서는 어떤 광기 같은 것이 번득거리고 있었다.

그러니까 그는 나를 보고 있었지만, 실은 나를 보고 있던 게 아니었다. 환상이란 무엇인가? 그것은 현실의 외면이다. 하지만 김홍은 그냥 한번 외면하고 마는 작가가 아니다. 그는 현실을 외면해서 보게 된 환상을 다시 외면하고, 또 외면하고, 또 외면한다. 환상은 계속해서 중첩되고 현실과 겹쳐지며, 외면만이 계속된다. 언제까지? 이 겹겹의 환상 속에서 결국 자기 자신을 가장 적나라하게 마주칠 때까지, 그래서 그것에서 더이상 눈을 돌릴 수 없는 지점에 이를 때까지. 김홍의 소설에서 진실한 것은 환상에서 벗어남으로써가 아니라 그 환상의 가장 깊숙한 곳에 들어감으로써, 그 환상이 더이상 스스로를 지탱하지 못하고 무너져내리는 곳에서 발견된다. 그리고 김홍의 소설은 그런 지점에서 예외 없이 말로 표현할 수 없는 어떤 이상한 슬픔에 닿는다.

Q. 이번 소설에서 코끼리 아저씨를 보며 마음의 평화란 무엇일까 생각했다. 김홍 작가에게 마음의 평화란?

A. 이 년에 한 번씩은 '위빳사나' 수행을 하러 가려고 노력한다. 평화는 고통 없는 상태고 고통은 집착에서 온다. 시시각각 변하는 몸의 감각을 알아차리며 갈망도 혐오도 없는 상태에 이를 수 있도록 명상 수행을 해야 평화를 얻을 수 있다. 그런데 수행을 잘 안 한다. 그래서 나의 평화는 늘 요원하다. 코끼리 아저씨처럼 무언가를 크게 잃고도 무너지지 않는 사람은 드물다. 아마 그분은 평소에 위빳사나 수행을 하던 분이었을 가능성이 있다.

『프라이스 킹!!!』에도 그런 장면들이 많다. 환상과 현실이 뒤섞인 불분명한 세계에서 인물들은 각자에게 소중한 무엇인가를 획득하기 위해 발버둥치거나, 놓치지 않으려 기를 쓰거나, 끝내 놓치고 만다. 그렇지만 무너지거나 무너지지 않는다는 것은 무얼 의미하는 걸까? 내가 묻자 김홍은 손에 들고 있던 찻잔을 내려놓고 잠시 침묵하더니 자신이 위빳사나 수행을 하러 갔을 때의 이야기를 들려주었다. 수행할 때는 말하지도 듣지도 않고 정좌를 한 채로 눈을 감고 명상을 한다. 모든 잡념을 지워야 한다. 그런데 그렇게 앉아 있다보니 어느 순간 머리 위로 나무가 자라고 있다는 확신이 든 적이 있었다. 그것은 분명히 나무였다. 그래서 그는 약간은 놀랍고 약간은 두려운 마음으로 명상을 이끌던 지도자에게 이 사실을 말했다. "저, 제 머리에서 나무가 자라고 있어요!" 지도자는 단지 이렇게 대답했다고 한다. "댓츠 일루전."

Q. 김홍 작가의 소설에 등장하는 많은 인물들은 기어코 자기 자신이 아닌 누군가가 되려고 하는 것처럼 보인다.

A. 자기 자신이 너무 좋은 사람은 소설 안 쓴다. 너무 단언하는 것 같지만 이건 좀 단언할 수 있을 것 같다. 내가 아닌 다른 무엇이 돼도 결국 달라진 나에게 완전히 만족할 리도 없다. 그래도 계속 시도해보는 것 같다. 소설 속에서라도 완전히 다른 것 되기, 그런 환상적인 기분 잠시간 향유하기, 그러다 현실에 돌아오면 또 씁쓸해하기.

그래서 명상 이야기의 결론이 뭐지? 굉장히 인상 깊은 이야기였지만 무슨 의미인지 잘 파악이 되지 않아 다시 물었지만, 김홍 작가는 묵묵히 고개를 가로저을 뿐이었다. 나도 더 묻지 않았다. 그냥 이 이야기 자체가 그의 소설과 닮았다는 생각을 했다. 생각난 김에 왜 이렇게 이상한 소설들을 많이 쓰냐고 물었더니, 그는 자신이 어렸을 때 유진 출판사에서 나온 세계으뜸문고 시리즈를 좋아했으며, 용돈을 받으면 문방구에 가서 그 시리즈를 사 모으는 게 취미였고, 『사과나무 위의 신비한 할머니』『불구두와 바람샌들』『길모퉁이의 짐할아버지』 같은 책과 로알드 달 소설들이 아직도 기억난다고 대답했다. 자신에게는 그게 소설이란 것의 원형이고, 그래서 소설이란 으레 엉뚱하고 비현실적인 이야기라고 새겨진 것 같다고.

대답을 하면서 김홍 작가가 어딘가 안절부절못하고 자꾸만 몸을 들썩이길래 핸드폰으로 시간을 확인했다. 어느새 여섯 시가 조금 지나 있었다. 인터뷰 내용을 간략히 메모한 한글 파일을 확인해보니 대부분 야구 얘기뿐이었지만, 어쨌든 이 이상 인터뷰를 진행할 수는 없었다. 나는 남은 이야기는 경기를 보며 틈틈이 나누자고 말했고, 우리는 함께 김홍 작가의 집으로 향했다. LG와 KT의 한국시리즈 3차전은 역전과 재역

전과 재역전과 재역전을 거듭하는 숨막히는 명경기였다. 어느 시점이 지나면서부터는 소설 이야기를 꺼낼 틈조차 없었다. 그 경기는 결국 LG의 진땀승으로 마무리되었다. 우리는 응원을 하고 고함을 지르느라 기진맥진해져 더 이야기를 나누지 못하고 금방 헤어졌다. 그리고 알다시피 LG는 이후 4차전, 5차전에서 연달아 승리를 따내며 이십구 년 만의 우승을 확정 지었다. 며칠 후 나는 집에서 LG의 우승 기사를 보고 김홍 작가에게 짧은 축하 문자를 보낸 후에, 이 우승이 그의 소설 『프라이스 킹!!!』의 운명에 대해 무엇인가를 말해주는 징조가 아닐까 잠깐 생각했다. 물론 그럴 리 없다. 야구와 인생은 아무런 관련이 없으니까. 그래서 그냥 이 소설이, 그리고 김홍 작가가 야구와 관계없이 많은 사랑을 받으면 좋겠다고 생각했다. 그럴 만한 소설이고 작가니까. 물론 그럴 만한 것과 실제로 그렇게 되는 것 역시 다른 문제이긴 하지만 말이다. 손끝을 떠난 공이 볼이 되느냐 스트라이크가 되느냐는 심판의 콜이 나오기 전까지 결코 알 수 없는 것처럼. 그런데 이렇게까지 쓰고 나서 생각해보니, 김홍은 바로 그런 점이 야구의, 혹은 소설쓰기의 즐거움이라는 걸 이미 알고 있었던 것 같다.

Q. 마지막으로, 『프라이스 킹!!!』을 쓰고 있을 때, 또는 완성했

을 때 어떤 마음이었는지 말해준다면?

A. 『스모킹 오레오』는 첫 장편이고, 쓸 때는 최선을 다했지만 출간하고 나서 보니 뭔가 나의 100퍼센트가 발휘되지 못했다는 생각이 들어 아쉬움이 남았다. 그뒤로는 확실한 100퍼센트가 아니면 세상에 내놓지 말아야겠다고 생각했다. 『엉엉』은 100퍼센트로 썼다. 이번 소설도 100퍼센트다. 하여튼 나는 언제나 100퍼센트로 전력투구한다. 그게 볼이 되느냐 스트라이크가 되느냐는 다른 문제다.

수상 소감

이 소설은 작년에 출간한 『엉엉』과 비슷한 시간에 다른 곳에서 일어나는 이야기를 담고 있다. 정교하게 연결된 세계관은 아니고, 중요한 점 몇 가지를 공유한다. 언젠가 『말뚝들』이라는 장편을 쓰려고 하는데, 그것과 『엉엉』 『프라이스 킹!!!』을 합쳐서 '위원회 3부작'으로 생각하고 있다. 그 밖에도 제목이 있는 이야기와 아직 제목이 없는 이야기, 장면 하나가 있는 이야기와 여전히 한 문장뿐인 이야기, 인물의 이름만 있는 이야기, 인물의 이름이 여러 번 바뀐 이야기 등등 써야 할 것들과 쓰고 싶은 것들, 그리고 쓰고 있는 것들이 있다. 그것들을 계속해서 열심히 써보라고 이 상을 주신 것 같다.

처음 테니스를 배우고서는 테니스가 마냥 재밌어서 테니스에 대해 너무 많은 이야기를 했다. 지금은 테니스에 대해 조금 더 알게 됐고 더이상 테니스에 관한 이야기는 하고 싶지 않다. 테니스 가는 날이면 온 마음 가득 부담이 차오르고 코트에서 픽픽 에러가 날 때마다 나란 존재에 대한 자신감을 잃는다. 그래도 테니스를 그만두고 싶진 않고 언젠가는 테니스를 잘 치고 싶다. 무슨 전국 대회 같은 데는 못 나가더라도 회원님들께 피해를 주지 않을 정도는 되고 싶다. 결국엔 테니스에 대해서 또 이야기하고 있다.

글을 쓰는 마음도 꼭 그렇다. 멋모르고 즐거운 시절도 있었지만 이제는 조금 더 알아서 괴로운 때가 많다. 언제가 되더라도 이제는 다 알 것 같아, 하면서 으스댈 일은 절대 없을 것이다. 테니스는 혹시 모른다. 십 년쯤 뒤에 전국 대회에서 입상할 수도 있는 거다. 그때까지 정진하다보면 좋은 일이 생길지 누가 알겠는가. 삼십 년 뒤에도 나는 소설에 대해 조금밖에 더 알지 못할 것이고 내내 괴로울 것이다. 죽기 직전에도 아, 소설 진짜 모르겠네 싶을 것이다. 하지만 소설이란 거, 써보니까 대충 이런 거고 이제 좀 알 것 같다 싶은 거였으면 이렇게 계속 쓰지 않았을 거다.

등단작인 「어쨌든 하루하루」에는 '지구가 멸망할 때까지

LG트윈스가 우승할 수 없는 것'에 대한 단상이 조금 숨겨져 있다. 그로부터 육 년이 지났고 며칠 뒤면 LG트윈스는 이십구 년 만에 정규 시즌·한국시리즈 통합 우승에 도전한다. 나는 아직 그 결과를 모른다. 이 글이 실린 잡지를 받을 즈음에는 모든 게 판가름나 있을 거다. 그때의 내게 묻고 싶다. 기분이 어떠니?

지금 내 기분은 아주 좋아.

이 이야기의 가능성을 봐주신 심사위원 선생님들께 감사드린다. 늘 응원해주는 가족들과 여전히 오래 키우고 계신 부모님께 또한 감사를. 할머니 사랑합니다, 오래오래 곁에 있어주세요. 책이 나올 때마다 꼭 사주지만 읽지는 않는 나의 친구들, 우정에 감사. 책을 읽어주는 문학적인 친구들, 늘 감사. 그리고 나에게 우주적인 행운과 손상 불가능한 행복을 주는 유리씨, 고맙습니다. 내 모든 기쁨의 전제는 당신입니다. 처음과 같이 이제와 항상 영원히, 함께.

2023년 겨울

김홍

문학동네 장편소설
프라이스 킹!!!

초판 인쇄 2024년 2월 6일
초판 발행 2024년 2월 22일

지은이 김홍
책임편집 서유선 | 편집 이민희 김내리
디자인 최윤미 이주영 | 저작권 박지영 형소진 최은진 서연주 오서영
마케팅 정민호 서지화 한민아 이민경 안남영 왕지경 정경주 김수인 김혜원 김하연 김예진
브랜딩 함유지 함근아 고보미 박민재 김희숙 박다솔 조다현 정승민 배진성
제작 강신은 김동욱 이순호 | 제작처 영신사

펴낸곳 (주)문학동네 | 펴낸이 김소영
출판등록 1993년 10월 22일 제2003-000045호
주소 10881 경기도 파주시 회동길 210
전자우편 editor@munhak.com | 대표전화 031)955-8888 | 팩스 031)955-8855
문의전화 031)955-2696(마케팅), 031)955-8864(편집)
문학동네카페 http://cafe.naver.com/mhdn
인스타그램 @munhakdongne | 트위터 @munhakdongne
북클럽문학동네 http://bookclubmunhak.com

ISBN 978-89-546-9878-8 03810

잘못된 책은 구입하신 서점에서 교환해드립니다.
기타 교환 문의 031)955-2661, 3580

www.munhak.com

문학동네작가상 수상작

제1회 나는 나를 파괴할 권리가 있다 **김영하**

비범하고 충격적인 신예의 탄생을 알린 문제작. 매혹적인 죽음의 미학을 탁월하게 형상화하여 한국문학의 새로운 장을 열었다.

제1회 식빵 굽는 시간 **조경란**

식빵 굽는 냄새와 함께 펼쳐지는 서른을 앞둔 여성의 황량한 내면 엿보기. 미혹으로 가득찬 인간관계의 부조리함을 탄탄하고 세련된 문체로 드러낸다.

제2회 마요네즈 **전혜성**

붕괴해가고 있는 우리 시대 가족의 현주소를 적나라하게 파헤친 문제작. 가족과 모성애, 사랑의 이름으로 희생된 '여자' 어머니에 대한 새로운 발견과 통찰이 빛난다.

제4회 기대어 앉은 오후 **이신조**

삶의 다의적 진실을 꿰뚫어보는 섬세한 감성, 연민과 관용, 정밀한 심리묘사 등과 같은 여성적 미학으로 현대사회에서 훼손된 영혼들 사이의 교신을 형상화한다.

제5회 모던보이—망하거나 죽지 않고 살 수 있겠니 **이지민**

통념을 깨뜨리는 발상과 거침없고 재치 넘치는 표현으로 삶의 권태를 가로지르는 한바탕 백주의 활극.

제6회 동정 없는 세상 **박현욱**

야하면서도 건전하고 불순하면서도 순수한 젊은 호흡으로 성장 없는 독특한 성장소설, 동정童貞/同情 없는 우리 시대의 뛰어난 우화를 완성해냈다.

제8회 지구영웅전설 **박민규**

과연 우리의 상상력은 어디까지가 온전히 우리의 것인가, 되묻게 만드는 엉뚱하고 기발하고 유쾌한 만화적 상상력과 독특한 구성력이 돋보인다.

제9회 어느덧 일주일 **전수찬**

발랄하고 상쾌한, 연상녀+연하남 커플의 유쾌한 일주일. 생을 쿨하게 바라보는 시선, 물 흐르듯 자연스러운 경쾌한 입담, 인물들에 대한 야릇한 호기심이 읽기의 충동을 유지시킨다.

제10회 악어떼가 나왔다 **안보윤**

날카로운 시선으로 인간 본성의 모순, 우리 사회의 병리적 현상을 풍자하고 조롱해나간다.

제11회 내 머릿속의 개들 **이상운**

희극적인 상황 설정과 풍자적인 어법에서 시대 상황을 관통해 지나가는 힘이 느껴진다. 적당히 과장된 인물들이 벌이는 한바탕의 소란은 우리 시대의 흥미로운 우화가 되어준다.

제12회 달의 바다 **정한아**

인물들이 빚어내는 따뜻함이 생에 대한 냉정한 통찰과 어우러져 균형을 이룬다. 아픔을 부드럽게 감싸는 긍정, 가볍게 뒤통수를 치는 듯한 반전의 경쾌함이 돋보인다.

제14회 아무도 편지하지 않다 **장은진**

여운을 남기는 압축적 구성과 작품 곳곳에 따뜻하게 배어 있는 명징한 유머가 묘한 아픔을 수반하고 있다.

제15회 사라다 햄버튼의 겨울 **김유철**

관계의 가능성이란 그 불가능성을 받아들이는 것에서부터 시작된다는, 이 역설적 진실은 소박하지만 잔잔한 울림을 남긴다.

제16회 죽을 만큼 아프진 않아 **황현진**

삶의 진창을 넘어서고자 애쓰는 한 소년의 고독한 성장기를 과장된 상처 없이, 자기 연민 없이, 신선한 리듬이 살아 있는 위트 있는 문장으로 이야기한다.

제18회 시간 있으면 나 좀 좋아해줘 **홍희정**

거침없이 살기에는 너무 거친 이 시대를 자기만의 속도로 살아가는 나이든 소년/소녀들의 자화상. 타인의 고통에 민감하게 반응하고 그것을 따스하게 감싸안는 공감력은 이 소설만의 힘이라 하기에 충분하다.

제20회 그믐, 또는 당신이 세계를 기억하는 방식 **장강명**

고작 패턴으로 존재하는 인간은 어떻게 그 밖으로 나갈 수 있을까? 이 소설은 시간을 한 방향으로, 단 한 번밖에 체험하지 못하는 인간존재의 한계를 근본적으로 성찰하고 있다.

문학동네 대학소설상 수상작

제1회 코끼리는 안녕, **이종산**

말하지 않은 채로 무엇인가를 강조할 줄 아는 소설. 저 매력적인 대화들은 우리가 아직 잘 모르는 새로운 스타일의 이야기가 시작되고 있는 것이라는 강력한 예감을 갖게 한다.

제1회 아프리카의 뿔 **하상훈**

탁월한 이야기꾼의 자질이 고스란히 드러난 작품. 치밀하게 자료조사를 하여 소설로 빚기까지의 노고와 작가의 공력이 고스란히 느껴진다.

제2회 브라더 케빈 **김수연**

읽는 내내 능청스러운 문장에 속수무책이고, 각 장이 매듭지어질 때마다 작은 감탄이 새어나온다. 매력적인 캐릭터 구축 능력, 자기 세대의 문제를 포착하는 시선 모두 남다르다.

제3회 초록 가죽소파 표류기 **정지향**

이 시대 대학생이 할 법한 고민 대부분을 정교한 플롯과 다양한 에피소드를 통해 매우 설득력 있게 전개한다. 작가가 서사를 장악하고 있기에 가능한 작품이다.

제4회 최선의 삶 **임솔아**

강렬하고 파괴적인 사건과, 그것을 바라보는 무감한 시선이 섬뜩한 충격을 안겨주는 소설. 불합리와 모순, 그리고 분노를 느끼며 경험하는 잔인한 성장의 일면을 지독히 사실적으로 그려낸다.

제5회 환상통 **이희주**

'빠순이'의 시선에서 들려주는 아이돌 팬덤에 대한 생생한 증언과, 그 사랑의 특수성에 대한 섬세한 기록을 만날 수 있게 해준다.